INK

文學叢書

239

島嶼謀殺案

林佛兒◎著

目錄

〔序〕

不遠之處，有礦

——我和林佛兒推理小說的緣分

劉克襄

三十多年前，初到台北，在美洲《中國時報》謀得一工作。這份報紙服務的對象是北美地區的華人讀者，台北設有一辦公室。我在那兒負責一個版面的編務，版面全名叫什麼，已經忘了，只知道整版都要刊連載小說。

當時鎖定的約稿對象，多爲大眾小說的文字創作者，凡武俠、探險、愛情、科幻等類型皆無所不包。林佛兒先生即爲我們積極約稿的對象之一。

我因而約略知悉，其主持的林白出版社，正以羅曼史和推理小說二條路線，開拓出廣大讀者群的市場。他個人對後一類型尤其執著，日後甚而有意識地肩負使命。不但率先引進日本推理大師松本清張的作品，還在一九八四年創辦《推理》雜誌。

文化圈友人看到其出版社經營得有聲有色，茶餘飯後的閒談中多有共識，推理小說的發展，日後在台灣應該前途大好，除了潛在的閱讀人口，還包括書寫人才的輩出，而林佛兒將會是幕後的重要推手。

豈知，天算竟有一疏，原本預期的推手忽地跳出來。林佛兒長期浸身於推理世界，除了熱中於引進國外經典的推理小說，竟也技癢，躍進這條推理書寫的長河。此後，他不斷地創作，一篇篇皆以推理特有的魅力進行文字布局，或者情境拼圖，再從犯案和辦案等方向切入，完成不少膾炙人口的作品。並將其中幾篇，交付我們發表。

當時因爲編務關係，這本集子的三部小說《島嶼謀殺案》、〈東澳之鷹〉和〈人猿之死〉，我都比讀者早些拜讀。不過，當時只是將它們當做娛樂的推理小說，純粹欣賞劇情的發展過程，兼而享受猜測凶手是誰、研判結局爲何的樂趣。

等年歲漸長，再次翻讀這幾部小說，除了重溫小說情節的奇巧，我才有一綜觀的能力，清楚認知這一時期他的推理作品所代表之意義。

若以這三部內容爲案例，其實都精彩地呈現了當時台灣社會的浮生百態。《島嶼謀殺案》經由男主角的旅遊風情，陳述了華人世界各地生活圈的面貌，以及都會男女關係的錯綜複雜。〈東澳之鷹〉裡藉著一位女性貿易主管在東部海岸的離奇失蹤，描繪了俗媚的台灣觀光內涵，還有小鎮風物。還有《人》文裡，藉由一隻人猿的表演，促銷壯陽藥物，進而檢視人性情慾的卑微和醜陋。這一時代的生活意識和價値，透過推理的寫實特質，都生鮮地鋪陳出來。

質言之，台灣從農村生活轉型爲工商社會，華人如何在他鄉異地孤身勇闖天涯，小人物在社會底層如何掙扎生存等等，整個世代的打拚奮鬥，以及社會光怪陸離、生猛嗆辣的亂象，藉由推理的探索筆法，都淋漓盡致地展露於情節中。

尤其是主文《島嶼謀殺案》，充分烘托出整個背景時代的氛圍。小說內容敘述馬來西亞僑生白里安畢業後，往來香港與台灣做生意。一樁離奇的謀殺案，藉由他的異國婚姻、旅遊，牽扯出許多當時社會的荒謬、浮華。雖然故事的發展，乃至經緯、結局都不難猜測，但書中對當時的台灣、香港和檳榔嶼等地人文風物著力甚深，描述亦翔實而生動。

再綜觀之，林佛兒創作推理小說的年代，許多事物仍是嚴禁的。在推理、偵探這一領域，我因長年身爲編輯，清楚看到不少中文創作者，都習慣以國外做爲背景，避免觸及一些當時敏感的政治和思想問題。

林佛兒是出版人，深知時代肅殺的背景，按理亦宜謹言愼行。但透過推理小說，他卻無左閃右躲的顧忌，反而以打滾社會的嫻熟經驗，選擇工商和勞動階層做爲故事的素材背景，夾敘夾議地彰顯台灣意識。

當代的現代小說善於以隱晦的手法，曲折地說故事方式，呈現藝術的美感。愈年輕世代的作品，情節愈是繁複，但悲天憫人的情境難免流於稀薄，偏離了某些人性的美好本質。

有時展讀當代純文學小說，猛地發現，善於以生動文筆，掌握低下階層細膩生活風貌者，已經不多。更遑論，找到這種原始生命的強大力量。但透過推理直率而潑辣地寫實筆法，有時反而更能貼近生活的本質。

這三部推理小說的背景，還有一個有趣的時間點，多集中於七〇年代迄八〇年代初。那是農業社會沒落，人文社會式微，眾人熱中於追求物質生活，捨棄精神層次的物慾年代。

回顧其作品，林佛兒的文字婉約唯美、趣味性高，加上接近生活、反映社會現狀。頗具有劃時代的分水嶺意義。在推理不彰的年代，其做爲台灣社會派推理小說的開創者早已隱然成形。除了出版和主辦推理小說獎，再回顧這部八〇年代的作品，稱其爲「台灣推理第一人」，此美譽也不爲過。

而跟早年一樣，我仍跟當時的友人一樣繼續深信，推理的市場始終存在，只是尚未被徹底發掘。不遠之處，應該有礦，應該發光。只是，我們始終未遇見那處礦脈。林佛兒則孤獨地挖了一條深長的隧道，在多年以前。他繼續在挖。

〔代序〕

我的推理小說之路

關於推理小說，我從一個閱讀者、出版者到創作者，有一條漫長的心路歷程。當然，我驚歎於愛倫坡的〈莫洛街血案〉，他所創小說，除了愛情與冒險的敘述外，還另有一種形式，連接一個命案又一個命案的偵探與推理，設計了一個詭局，起造了一間密室，然後從邏輯著手，作者與讀者進行一場思維的鬥智與解碼，在懸疑與狡詐中，解開串連起來一個一個的結。我認爲所謂本格派的密室追跡，爲解謎而解謎，是一種枯燥而冷酷的遊戲，較爲乏味。愛倫坡如此，江戶川亂步亦然。一個是美國甚至世界的偵探小說之父，一個是日本探偵小說之父；〈莫洛街血案〉、〈二枚銅貨〉，若論其作品開創性和形式，我自然尊敬，但卻乏人性和社會性，其可讀性的動力與感動，即減分不少。

在日本，從本格派跳脫出來的社會派，在六〇年代，由松本清張開創並發皇，《點與線》、《零的焦點》飆起滔天巨浪，使日本推理小說界進入一個新的里程碑。松本氏當年光是版稅，每年收入超過一億新台幣，凡十年以上。松本清張僅小學畢業，卻得過芥川獎——日本最高榮譽的文學獎。他在大眾文學——推理小說的範疇裡，也佔有極高地位。晚年在沒有放棄推理創作的情形下，又一頭投入考古行列，不出數年，即成爲專業歷史考古學家。

一九六九年，我在譯稿上第一次看松本清張的作品《零的焦點》，便陷入廢寢忘食地步。我自己沉迷，讚歎，而後並把松本清張重要作品近三十部，由林白出版社翻譯出版推薦給台灣讀者。除此之外，我並創辦《推理雜誌》月刊，自任主編，以松本氏社會派爲重點，介紹給台灣及海外華人讀者。鑒於台灣推理小說的創作，作者少，分量輕，到後來自己跳入寫作推理小說，松本氏的社會派風格影響我很深，他筆觸的文學況味亦是一絕。台灣許多名作家的所謂純文學作品，不客氣地說，論文學性尚難望其項背。

一九六八年，我二十七歲創辦林白出版社之前，已出版了詩集、散文集、短篇小說集共七本。出版社包括皇冠、水牛及台灣商務印書館等，後來我自己搞出版，業務繁雜，才知道出版是一門艱苦的工作，從工友幹到社長，日以繼夜，做的都是繁瑣與粗重的配銷工作，編輯又煩心，哪有閒暇從事寫作！因而二十多年來，除了長篇小說《北回歸線》、詩集《台灣的心》、散文集《尋找香格里拉》外，推理小說只完成了二個短篇

〈東澳之鷹〉、〈人猿之死〉，推理長篇《島嶼謀殺案》、《美人捲珠簾》，數量嫌少，在小說藝術及懸疑推理裡所設的詭計、祕局，均有待加強。所有小說類型中，唯推理小說最難寫，不論密室推理或社會推理，要做到無懈可擊，簡直不可能，能做到百密一疏，已經達到很高境界，就如台灣俗語說：「鴨蛋卡密亦有縫」。我的推理小說創作，既然是走社會派路線，就要強調社會正義，手段就不止要隱惡揚善，在那個只能報喜不能報憂的年代，政權欺壓弱勢，特權當道，黑暗角落裡的那群人、那些事件，通常被忽視被壓抑，因而富者愈富，貧者愈貧，這就是一個社會建立在極端不公平下的不幸後果。因此，我寫的推理小說，起因和結果，不需要錦上添花，就是要利用主題和故事，揭發社會黑暗的一面，把人性醜陋的隱藏的部分，也揭露出來，讓社會儘快達到公道正義的境界，至少，要有一股和黑暗抗衡的光明力量。

其實，推理小說與一般小說無分軒輊，一樣可以寫愛情、親情、友情，推理作家的文學素養如果高超，其推理小說的文學性和可讀性，會超越名作家的文學作品，例子不少。推理作家甚至必須有更廣泛涉獵，諸如醫學、哲學、心理學，以及邏輯學。日本推理小說社會派作家，如松本清張，其作品被拍成電影無數，早期在台灣金馬獎觀摩電影的《砂之器》、《天城山奇案》，都是藝術片。如果抽離推理成分，仍然具備了純文學的醇度和條件。

推理小說的要素，無非是：一、什麼人；二、在什麼時間；三、在什麼地方；四、有人被殺了。有了這幾條主軸，利用故事的演變，人物的穿插，場景的安排，再暗槓幾個詭局。於是接著就是作者與讀者鬥智和邏輯推理的開始。我的四種推理作品，當然朝著這個範疇在進行，功力如何，不敢自謬。有幾個主題可略爲指出。其中二個短篇，〈人猿之死〉背景發生在華西街，華西街賣藥郎中的叫賣聲，男主角以猩猩人形坐鎮模樣，以及觀眾諸種嘴臉與形象，環境髒亂，人聲沸騰，幾乎寫活了當時華西街景象。〈東澳之鷹〉，背景在東部東澳，當時那麼偏僻的村莊發生了命案，東澳的自然生態、小民動靜，及弦月形海灣與山村美景，盡入故事中，也是作者著力的重點。首篇長篇推理《島嶼謀殺案》，背景拉到國外的香港、馬來西亞檳榔嶼，寫一個馬來西亞華僑，和一個吸毒女人不忠的故事，結局在九龍尖沙咀天星碼頭收尾，無名屍被認出的因素，是從死者長褲褲頭上以毛筆寫著「台灣人楊吉欣」六個字，這是破案關鍵。這部作品首刊於一九八二年《美洲中國時報》，被主編周浩正稱「台灣推理小說第一人」，當時身爲台灣人的我，台灣意識已經強烈地萌芽，所以以「台灣人楊吉欣」做結局，不是無心插柳，而是要伸張愛台灣之必要的特別植栽。再者，天星碼頭的場景，當時寫得栩栩如生，歷史的變遷，如今天星碼頭已不復存在，這是文學的喟歎。

《美人捲珠簾》更把背景拉到韓國漢城（今首爾）及仁川，女主角之一是韓國人。

這個故事除了男女情慾恩怨、糾葛纏綿外，也帶出比較台灣與韓國的國情與國力。二十五年前的韓國，不管工業基礎、體育水平，以及國民所得，都遠落在台灣之後，可是韓國人的愛國心和志氣，那種不服輸的強悍精神，卻是台灣人所欠缺的。當時台北市中華商場樓頂上的霓虹燈廣告，清一色日本品牌，然而在韓國卻看不到一面日本的市招。當時台灣國民黨政府爲汽車這個所謂「民族工業」保護裕隆已二十年，韓國現代汽車的小馬（PONY）才在起步，但所有的韓國人都用國產車。二十五年後的今天，韓國「現代」已是世界第七大的汽車製造廠，還有「起亞」及「雙龍」等大廠。而台灣的裕隆，仍然在裝配階段，用裕隆日產和中華三菱的名號在裝配賺台灣人的錢。二十多年前，有消費者質疑裕隆的能力和技術，經濟部工業局局長韋永寧公開挺裕隆，說，我們不是沒有能力自製引擎，而是自製比進口日貨昂貴，用「保護民族工業」之名，剝削消費者幾十年，政府竟然執行這種政策！這樣的國家怎麼強得起來！這是我在小說中對台韓的經濟策略、人民骨氣與民心向背的比較。二十一世紀的今天，百姓的憂慮不幸成眞，台灣各行各業已被韓國遠遠地拋在後面。這也是《美人捲珠簾》小說中錯綜敘述，情殺和推理之外的憂心之處。

景翔曾爲文說我的觀察能力，一趟國外旅行便把該地風情寫得活靈活現。其實不然，以《美人捲珠簾》的韓國背景，有漢城及仁川，仁川並不是觀光客去的地方，尤其山坡上的華僑中學。一九八〇年，我是台北市南門獅子會會長，與仁川及濟洲島二個獅子會結盟爲姊妹會，來往頻繁，當時韓國尚未開放觀光簽證，國民所得也比台灣低很多，我每次到韓國姊妹會受到很高禮遇。我爲了寫《美人捲珠簾》，便把要設定的場景，請姊妹會會長實地帶我去觀察並作筆記，光是仁川一地，我一年內去了三次。漢城當時尚在戒嚴，夜間十點後便宵禁。小說中在十點前一刻大家搶計程車共乘回家的緊張場面，便是反映當時社會現象。沒有深入體會，這種用文字把熟絡的場景寫活，尤其是異國，實在不容易做到。帶讀者隨故事旅遊各地，使其有身歷其境感受，是社會派推理作家的重要象徵。

我的推理小說中，這方面特別用心，也有詭局的設計，過程懸疑；也有解謎，這方面的成績，我盡了力，當然也有侷限。但是我寫推理小說，除了應有的要素外，達到可讀性高，使推理小說有更多方面的趣味和感動，我相信讀者不會失望。我創辦了《推理雜誌》月刊，經過二十四年的努力和推廣，爲鼓吹台灣作家出來寫推理小說，《推理雜誌》在早期也辦過四屆的「林佛兒推理小說獎」，得獎作品也出了單行本。由於應徵者少，不得不停辦。《中國時報》人間副刊，十多年前也辦過一屆，當時我做決審委員，看到參賽者並不踴躍，成績也不理想，心頭暗叫不妙，果然，《中國時報》次年便停辦了。

一九九八年，中國天津百花文藝出版社與我簽約，要出版我的三本長篇小說，除了推理《美人捲珠簾》、《島嶼謀殺案》，還有《北回歸線》。先出版了《美人捲珠簾》與《北回歸線》後，發現封面上印著「我國台灣著名作家林佛兒」，擅自加上「我國」二字，我頗爲不爽，抗議無效，就不把《島嶼謀殺案》交其出版。上述二書在中國再版多次，出版社一直通知去領版稅二萬多人民幣，因爲不爽，直到二〇〇五年，赴天津參加華人盃羽球賽，才順便領取。《美人捲珠簾》在中國出版，經中科院研究員胡小偉推薦得到二〇〇一年中國第二屆長篇偵探小說大獎，我沒有出席領獎。獎狀及獎牌，直到二〇〇五年主辦單位託人帶到台灣，請遠流出版社社長王榮文轉交。我對這個獎一直不掛在心裡，反而常常自諷：「也好，二〇〇一年這個獎，總算打敗十三億中國人。」

這幾年來，由於網路寫作發達，推理小說逐漸出現佳績，有一些人才可以期待。在我退休後，有了更多的時間蒐集和整理資料，我將再投入長篇推理小說的創作，爲台灣的推理小說發展略盡綿薄，也一圓我人生的大夢。

發表於二〇〇八年四月《文訊》二七〇期

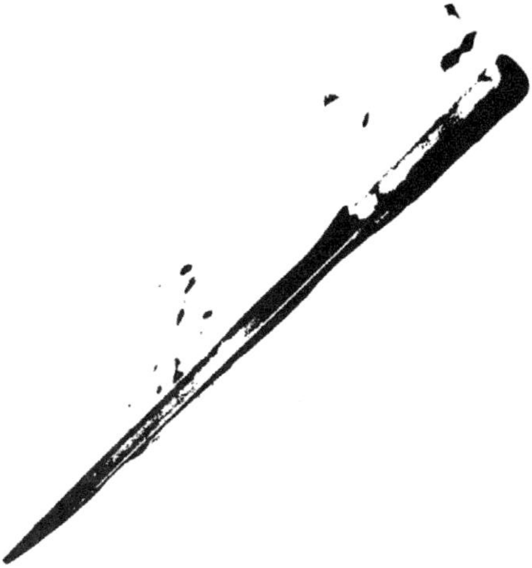

島嶼謀殺案

長滿熱帶叢林和矗立高樓大廈的島嶼
像一道折射的陽光
像消失在生命中的一段日子
充滿埋伏和危機

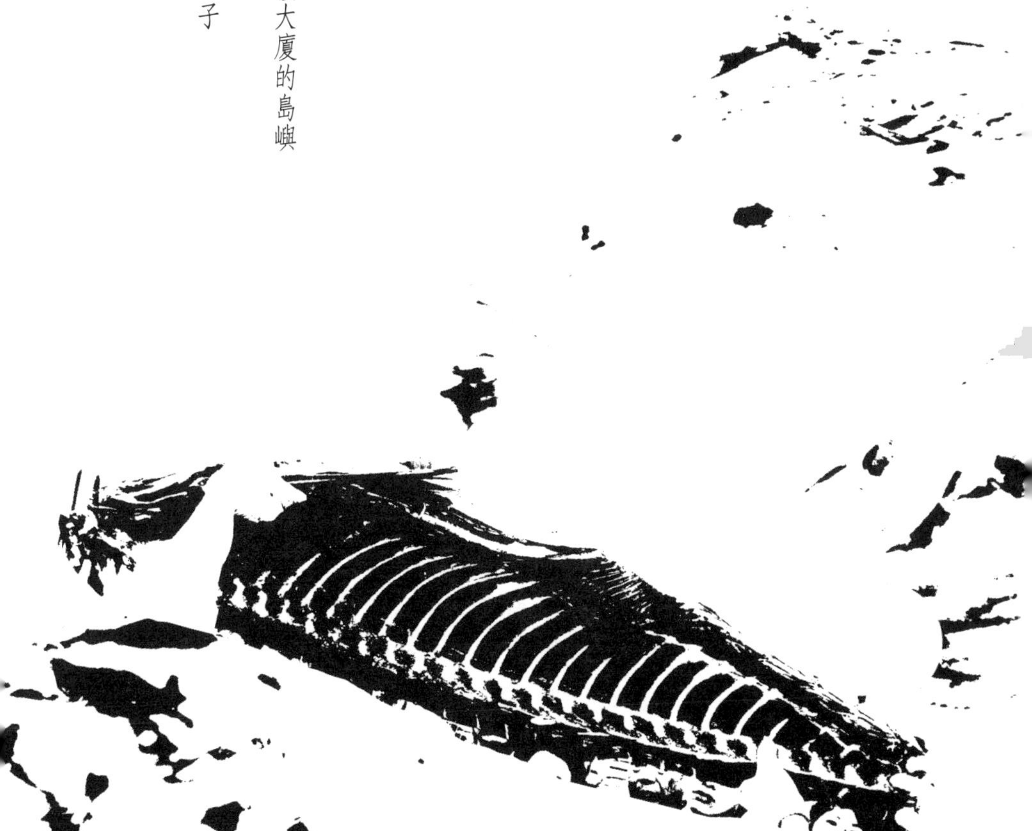

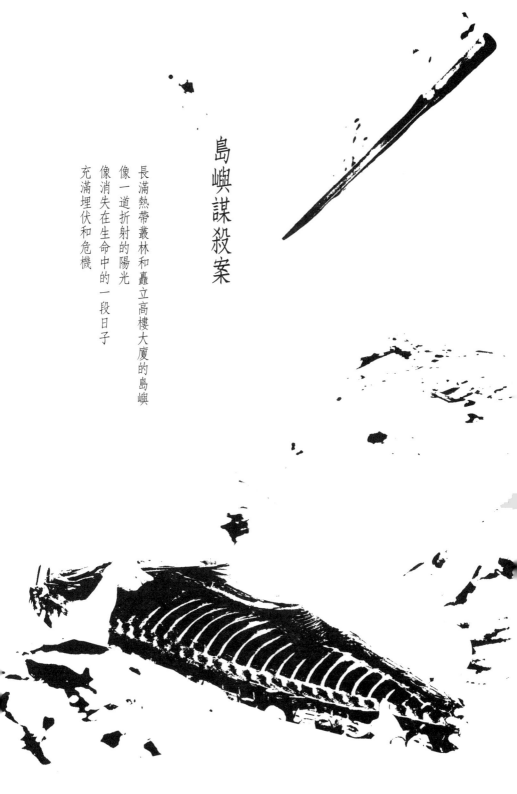

０小樓的女屍

黃昏光景的時分，在市中心的一幢古老的四層樓建築裡，忽然傳出了惡臭，被一個房客——一個在廣告公司當AE的年輕單身漢——首先發現了這樁事。

那天是星期週末，他拜訪客戶到了下午三點才筋疲力盡回到住的地方，睡了一陣午覺，醒來已是傍晚了，爲了趕赴晚間與女朋友約在城中區看電影，他提起了面盆就到後面浴室去洗臉。

用冷水沐浴洗臉後，他覺得清爽舒服多了，回來走過樓梯口，好像有一陣臭味從上面的樓梯口飄下來，他略爲頓足，並且擤擤鼻子，沒有錯，臭味是從上面進來的。可是他也懶得去管它，他既要趕著去約會，臭味的事等晚上的室友回來才讓他們去傷腦筋吧！他心裡這麼想，便走進自己的小房間，挑了一件運動衫和西裝褲穿上，又在小鏡子前刻意梳順頭髮，一切妥當後，打開門要出去，那陣臭味又直撲過來，心裡很狐疑，到底上面死了什麼呢？臭味這麼難聞，他走到樓梯邊發現樓下來了一個人，那是房東，看到他後又急忙地走下去。他就趁機叫住他：

「老闆，老闆，你上來呀！樓上有臭味啊！不知道是不是死了老鼠？」

房東聽到有人叫他，他便回身上來，不知是天氣熱，抑是年紀大，他爬起樓梯來氣喘如牛，而且滿頭大汗。他站到年輕人的身邊，結巴地說：

「你……講什麼啦？」

「你聞聞看，我說樓上傳來臭味啊！」

房東眼睛上的一副老花眼鏡下垂到鼻樑上，他用朝上翻的眼睛看著他。

「什麼臭味啊？你不要黑白講！」

「唉呀，你自己聞不出來嗎？我關在房間裡都聞得到，好臭喔！來吧！我帶你上去看就知道了。」

那青年說罷一個勁兒就往樓上跑，房東有些猶豫，後來還是跟他上去。

果然臭味是從小房間的門縫裡撲出來。現在是八月夏天，木板門和窗戶卻都關得緊緊的，可見裡面一定沒有人在。

這扇門是房東從廢料場買回來的，因爲很古老了，門鎖還是老式的，就是有很大的鑰匙孔那種。

於是，房東蹲下身子，把眼睛靠近鑰匙孔，朝裡面注視，他忽然大叫一聲，往後傾坐地上。

「糟了，糟了……」

青年被房東這個舉動嚇了一跳，他有點緊張地也把臉俯近鑰匙孔，祇見室內一片昏暗，好像床上有一團東西被被褥蓋住。一會兒，他才看出一隻腳丫子伸出棉被外，挺得直直的。

「是死了嗎？」那青年站起來，楞楞地問。

「快！快！把門撞開！」

房東首先用肩膀去撞，但他力氣太小，搖撼不了那扇門。他站到一邊，那青年蹲個架式，使勁地衝過去，門轟然一聲，便被撞開了。

惡臭隨門打開而撲鼻，兩個人用手掩著鼻跨進門去，房東把牆上的開關打開。刺眼的日光燈下，一床夏季太空棉被蓋住一個人體，祇剩腳板伸在被外。

兩個人面面相覷，後來還是房東膽子比較大，他走近床邊把棉被掀開——

「啊——」兩個人同時驚叫一聲，那青年甚至倒退了二、三步，靠在牆上喘著氣，面色如土……

1 陌生的女子

SQ008七四七巨無霸班機從香港起飛時是下午二時正，到台北的飛行時間是一小時十分鐘。SQ008從新加坡經過四個半小時的長途飛行，到達香港時已經機疲人倦。它在香港啓德機場停歇過境一段時間，除了添補油料食物外，並且又吸入了一批旅客。新航由於機上的食物及空姐的服務不錯，所以可以容納四百人的七四七機，仍然常常客滿。

七四七飛機不管再怎麼龐然大物，坐滿了四百個人，客艙顯得很擁擠，雖然不乏空調設備，但是人一多，空氣就覺得很混濁；尤其在吸菸區，煙霧瀰漫，坐在後頭的人往前一看，祇見一排排的人頭，被罩在一片煙幕中。

白里安是從香港入艙的數十人中的一個，他擠在熙熙攘攘的人群中，走進一道狹長的機橋。他蓬鬆的髮叢上掛著耳機，裝扮得像個年輕小夥子，肩膀上掛著一只大旅行袋，手上又提著一只裝菸酒的塑膠袋，走起路來顯得笨重而蹣跚。白里安祇有三十歲左右的年紀，他是華裔的馬來西亞檳榔嶼人，他是在他祖父那一代遷徙到馬來西亞的福建人，所以他能講一口很道地的閩南話，除了膚色較黑外，看不出他跟中國人有什麼兩樣。

嚴格說起來，他是個僑生，他在七年前回到台灣求學，先入蘆洲的先修班一年，後來勉強進入台灣大學。可是由於他在檳城的華文教育不理想，因此他在台大五年，一直很辛苦地修不滿學分。後來沒有畢業就離開台大，跟他一夥的馬來西亞人，利用僑民身分，在台灣出出入入，做起跑單幫的生意來。

當時台灣還未開放國人出國觀光，因此，白里安的收入頗為可觀，一趟香港或韓國或日本出入所攜回的舶來品，即使交給委託行，也可賺個好幾萬的新台幣。那陣時日，他過得簡直是個富家子弟的優裕生活。後來台灣開放了出國觀光的護照，起初的半年，他們受了很大的打擊，現在也總算熬過來了。

離開學校專事跑單幫的五年生涯裡，不管幸與不幸，值得一提的是他在台灣認識了一個女孩，後來又同他結婚的李卻。李卻是改變他一生命運的女人。

中等身材的白里安，隨著人潮湧進機艙，站在門口迎接的新航空中小姐和少爺他都認識，其中有人跟他點頭微笑，他無可奈何地把座位卡在手上一揚，因為是熟客，所以就沒有人引導他到他的座位。

從頭等艙入口處到他找到最後一排的位置，或許他肩負著重物，又要穿越老是有人在走道上起落行李的擁擠，在他的感覺上足足有一百碼遠。他看看座位卡，又是F位置，這個座位既不是靠窗也不臨走道，它剛好是在中間，無論從那一邊走道進入，他都要跨過兩個人才能入座，這是七四七機最差的一個位置。他費了很大的力氣才把旅行箱擡上頭頂的行李艙。從進入海關到現在，折騰了半個小時，總算收拾停當，他重重地舒了一口氣。正想抽支菸享受一下，結果機員在催人趕快入座。他那一排的D位置坐了個高頭大馬、滿臉絡腮鬍子的老外，他像一隻巨獸被困在那裡，E位置是個東方女子。他要進去，那個老外勢必要站起來他才能閃身而過，所以他用英語說了一句對不起，老外就滿臉笑容的站起來，他提著一袋子菸酒，一腳踏進去，卻不小心地踩在老外的大腳板，老外叫了一聲，白里安一緊張，擡起的另一隻腳落空，身體向前傾，手上的一袋菸酒，就往E位置的東方女子身上倒，甚至白里安傾倒的時候，他一隻手不偏不倚的壓在那女子的大腿上。

場面當然很尷尬，老外幸災樂禍地看著他的窘態，他一直用英語向那女子賠不是，那女子並沒有生氣，後來就回白里安一句：「沒關係！」是道道地地的中國話。

白里安一楞，他在她的旁邊坐下，這時候他才看出她臉頰微紅，嘴角有一顆美人痣，是一個個性明朗、討人喜歡的女子。

香港至台北短短一小時又十分鐘的航程裡，機上的空中小姐和空中少爺，爲了要在半小時裡送出四百份餐點和飲料忙得不可開交。白里安在這時候向空中小姐要了一副撲克牌，鄰座的女子因爲也想要一副，就跟他搭訕起來。白里安便表現得很內行，他告訴她，他因爲生意關係，幾乎每個星期都東南亞、北亞跑來跑去，亞洲所有航空公司的飛機他都搭過，每家航空公司的班機上，祇要客人開口，都可以要到諸如撲克牌、原子筆、西洋棋等東西。

於是，他們就很熱絡地聊起來。在三萬呎的高空，他們間的陌生，便在白里安能言善道的交談裡一掃而空。

後來，白里安經由她的嘴裡知道她的名字叫凱莎琳，是從台灣來的香港人，在荃灣工業區的一家文具製品公司當業務經理。這次的旅行，是要到日本去出差。

飛機抵達桃園國際機場時，他們互相交換了名片，互道了再見，但是白里安已經不怎麼熱中，因爲下機出海關的難題正侵襲著他，而且這次他的太太特別要到機場來接他，也使他有一種莫名的興奮。他與凱莎琳這種飛機上無意的邂逅，雖不至於頻繁屢見，但也是司空見慣的事，就像在人生的舞台上一齣意外的插曲罷了，不足以掛齒。

白里安帶了二大箱行李，在通關的時候還算順利，祇被課了三千元左右的稅。他興沖沖地推著行李出關，出口處黑壓壓的一大群人，可是，他找了半天，就是看不到說好要來接他的太太李卻。

他在機場等了半個小時，仍然等不到他太太的蹤影，白里安既生氣又沮喪；他想不出李卻昨天在電話中說得好好要來接機，而現在卻變卦的理由。

他花了五百元包一部計程車，吩咐司機直驅台北的家。

在風馳電掣的車上，白里安彷彿被催眠似的，他閉著眼睛，太太李卻的笑容和身影卻好像電影似的，在他的腦幕上放映起來。雖然沒有聲音，但卻生動異常；鏡頭時而淡入，時而淡出，時而靜止，時而特寫……

2 回憶

三年前一個夏天的夜晚，白里安跟他的一夥朋友，在希爾頓飯店的夜總會，第一次看到李卻。當時的李卻跟她的女朋友在舞池裡大跳迪斯可。使白里安注目的是李卻看起來顯然還是黃毛丫頭，她留著短短的學生頭，穿著一件奇短的迷你裙，露出一雙修長而圓潤的大腿。

白里安注意了她們一些時候，發現她們的身邊並沒有男伴，祇是三個好玩的女孩而已。他趁著在跳舞的時候，便和李卻搭訕起來。

「沒有男生陪妳們跳舞嗎？」白里安邊扭動著身體，邊問。

「哇塞！誰說跳迪斯可要男生！」李卻頑皮地說。

「我加入妳們好嗎？」

「隨便！」

在迸射而迷亂的五彩燈光下，白里安發現李卻不但有張姣好的臉蛋，而且一雙眼睛也水汪汪的，像兩顆夜明珠在藍空裡對著他發光。

剎那間，白里安感覺這一生從沒有被這樣漂亮的女孩打動過，他驚駭異常，一種從心底燃燒起來的慾望，幾乎使他不克自持。

那個晚上他們跳到夜總會打烊，還不能盡興，五、六個人又到梅子吃消夜，離開梅子時已經凌晨二時。

白里安一開始就看中了李卻，所以他堅持要送李卻回家。於是他們各自帶開，在計程車上，白里安把身體靠過去，他馬上感覺到從她身上所傳過來的柔軟和體溫，壓抑了一個晚上，他終於忍不住地伸過手去緊緊抱住她；並且把臉埋在她的髮香裡。李卻祇輕微地掙扎一下，然後她呼吸也急促起來。

白里安吻著她，在她耳際喃喃地叫著：

「李卻，李卻——」

李卻已經不能抵抗，她祇是若有若無地呢喃：

「不要嘛！司機在看著我們哪！」

「我好喜歡妳……」

「唉呀……」

以後當然可以想像，雖然也經過一番象徵性的爭執，但是，計程車並沒有開回李卻住處，而是直奔林森北路巷子的一家賓館。

後果當然很快樂，也有點嚴重。因爲那一年，李卻二十歲不到。事後，白里安有點迷惘和怏怏然，因爲他發現李卻那麼小的年紀竟然已不是處女。

倘若衹是存心跟她玩玩而已，處女不處女根本無所謂，但是白里安發現他深深地喜歡她、愛她，他就很計較了；甚至他們結婚之後，每每想起這件事，心裡就引起很大的不平衡和忿怒。

白里安和李卻的愛情可以說是盲目的，那一夜後，他們就如膠似漆。李卻知道白里安是個僑生，台大畢業後自己做生意。白里安也僅僅知道李卻的家在南部，她已連考二年未能上大學，住在台北就是爲了要在補習班上課。

認識沒有多久，李卻就暴露了她許多的缺點，諸如她生活放蕩，愛慕虛榮，最可怕的是白里安發現李卻有吸食迷幻藥的習慣。

大約他們認識一個月左右，那一次白里安從日本回來，特別買了一些化粧品和香水要送給李卻，下飛機未及回家，衹把他買回來的二大包行李暫存在市區的委託行，就跑去李卻住的地方。

李卻和三個同學租住在後車站附近的一幢四層樓頂加蓋的木屋裡，白里安已經去過兩次了。

黃昏時分，後車站一帶交通非常擁擠，他下了計程車一眼看見馬路邊那幢古舊四層樓的建築，白里安的心就有點收縮起來。他穿過馬路，然後進入一條窄巷，大樓雖然面臨馬路，但是這種老式的建築，爲了遷就店面，它的樓梯都是建造在後落的。

他氣喘吁吁的爬到頂樓，小木屋門前一塊面街的陽台約有三坪大，蒔種了一些花草，倒是整理得滿清爽悅目的，站在這個陽台上可以看到台北火車站的全景，起起落落的旅客，跑來跑去的火車頭在調車的情景，甚至機械撞擊的聲音，台北車站報告車次的一個慣性的女聲。白里安第一次到這兒來，他就非常喜歡這個環境。

而現在，一枚渾圓大夕陽正垂掛在淡水河上，四射的餘暉光暈和灰塵混在一起，把淡水河裝飾得金碧輝煌，像鍍一層金似的。這樣的美景白里安並沒有心情欣賞，他祇一心一意要早點看到李卻，他渴望接觸李卻的肉體，在東京的時候便已日思夜想。

小木屋的門並沒有上鎖，他輕輕一推，門就開了。裡面沒有開燈，光線很幽暗。

「李卻——」他輕輕地叫著，看到榻榻米上蜷臥著一團東西，好像棉被又像一組肢體。白里安走近一看，那是李卻沒有錯，她正蜷著身體在睡覺，他躡手躡腳地上了榻榻米，靠過去抱住她，吻她——而李卻無動於衷，未曾醒來，這才把白里安嚇了一跳，他現在才感覺到李卻的皮膚出奇的冰冷。他把她的臉扳過來，失去血色的嘴角，吐了一片白沫。

這一驚非同小可，心裡有個直覺就是她不能死。他把李卻軟綿綿的身體扛在肩膀上，從五樓一直跑到一樓，在街邊攔了一部計程車，直赴中興醫院。

醫生總算把李卻救回來，醫生說只要再慢一個小時，她便會因呼吸衰弱致死。

白里安向醫師申訴著：

「她不可能自殺啊，她沒有理由啊！」

年輕的醫生白他一眼：

「我沒說她是自殺呀！」

「那……」

「她是服『紅中』過量啊，你不知道？」

「紅中？」

「所謂『紅中』，是一種名叫西可諾爾的西藥，因用紅色膠囊包著，所以俗稱紅中，其主要功用在抑制腦幹細胞及其神經。西可諾爾有蓄積性和習慣性，如果服劑用量稍大，會導致精神及神經上的混亂，有一陣子會飄飄然，若干器官失去協調，造成情緒不安定。如果服食過量，就會引起昏迷、昏睡，沒有即時發覺，會因呼吸麻痹致死。這位小姐便是服用過量，而且我們驗血結果，她服食這類藥物，如紅中、白板，已經有段相當長的時間了。她如果不改掉，遲早會送命……」

李卻在醫院療養了三天，便出院了。當然她非常感激白里安把她從鬼門關拖回來。白里安這些天更是表現得殷勤體貼。他寸步不離地守在床邊，她睡覺的時候，他便出去買了許多吃的補的；把李卻感動得欲哭無淚。

李卻出院後幾天，有一次在閒聊的時候忽然說：

「里安，我想不上補習班，不想考大學了，你以為如何？」

「為什麼？妳不是準備得好好的嗎？我覺得妳今年一定可以考上第一志願……」

「不！里安……如果你願意，我想和你一起生活……」

這不是求婚的話嗎？這突如其來的一種恩寵，把白里安搞傻了，幾疑在作夢。

白里安緊緊地把李卻抱著，他覺得眼角癢癢的，而李卻也在他的懷中嚶嚶啜泣起來。他們享受這種寧靜而甜美的時刻。過了一會兒，白里安回到現實中來。

「但是，妳父母親會同意我們結婚嗎？」

「他們當然不會同意的，他們一心一意要我上大學，他們要我留美，要我做一大堆……當然，他們是不用問也知道不會答應的，可是，再過三個月我就滿二十歲，就有自主權了，不再需要他們的監護！」

於是，在李卻尚未滿二十歲以前，他們就先行同居了，白里安喜歡李卻現在住的這個小木屋，她的室友也有成人之美地讓給他們。小木屋變成他們的新房，是他們甜蜜享受新婚生活和躲避風雨的一個窩。

在李卻滿二十足歲的那一天，白里安和她一早就去法院公證結婚。他們這樣急迫公證，是因爲怕不趕快把生米煮成熟飯，萬一她家人知道他們同居，白里安一定會挨告吃上誘拐未成年少女的官司的。

正式結婚沒幾天，這個小家庭第一次出現了一個大風暴。

那是個悶熱的午後，白里安和李卻正在睡午覺，嘈雜的腳步聲和談話聲把他們吵醒。李卻起身開門察看，她怔住了，原來凶凶上樓的二、三人，是她的父母親和大哥。

「爸、媽……」李卻怯生生地叫著。

但是，做父親的面無表情，他一手推開她，哥哥和母親跟在他後面，走進屋內。

白里安剛剛醒來，迷迷糊糊地還沒搞清楚到底是怎麼回事，三個人已經把小木屋塞得滿滿的，把李卻擠在門外。

「你就是白里安嗎？」

「是啊！你們又是誰……」

他的話還沒講完，李卻的哥哥年輕力壯，他一個箭步就跳上榻榻米，揮著拳頭猛揍白里安，白里安奮力抵抗，兩個大男人就在床上大打出手。父親也從旁協助用腳猛踢白里安。

這時李卻硬從門外衝進來，她抱住兩個糾纏中的男人，哭著說：

「你們要打，打我好了，把我打死好了……」

彷彿是李卻的不顧一切和嚎哭使父親和哥哥心軟，這下他們才罷住了手。可是父親仍然氣虎虎的，母親也跟著流淚，哥哥站到一邊喘著氣。

「阿卻，我們家哪一個人對妳不好，妳怎麼可以偷偷去公證結婚，也不告知家裡一聲……妳叫妳父親的頭怎麼擡得起來呢？」母親用手帕擦著眼睛，愈說愈傷心：「妳父親愛面子，在家鄉又有勢力，他好歹是個議員啊……而且，而且妳還是個小孩子……唉喲！我眞命苦啊，是前三世殺人放火歹積德的報應麼……」

「不要哭了！」冷峻的父親嚴厲的斥責說：「你們兩個給我坐好！」

白里安已經搞清楚是怎麼回事，原來是泰山大人前來興師問罪，剛才揍他的那個小夥子，看看長相跟李卻差不多，想必是她的兄弟。

白里安拉拉被扯破的汗衫，他跟李卻正襟危坐地跪在榻榻米上。

「你這個畜生，竟然誘拐我的女兒，她年紀那麼小，你就糟蹋她，你是豬狗前生，禽獸啊！」父親痛罵著白里安，聲若洪鐘。

「爸——」白里安尷尬地叫一聲。

「閉嘴，你有什麼資格叫我爸爸！你不是人，你知道麼？」

「爸爸，」這次換李卻開口。「我們結婚，是我們兩個同意的，您不能衹怪他，爸爸……」

「阿卻，我把妳養這麼大，竟然偷偷地公證結婚，這個消息還是區公所的人早上告訴我妳把戶口遷出我才知道的。妳想想，妳媽媽白生妳，我白養了妳，妳翅膀還沒長毛，就飛了，妳還有面子叫我爸爸嗎？」

父親斬釘截鐵地接著說：

「他是誰？我不屑一顧，現在妳馬上跟我回家，跟他脫離關係，否則，我們脫離父女關係！」

「爸爸，我跟他結婚沒有通知您們是我的錯，因爲告訴您們一定不會答應，所以，請爸媽原諒。至於爸爸要我跟他離開，我不願意，而且已經不可能……」

「阿卻！」做母親的和哥哥同時叫出一聲。

「阿卻，妳怎麼這樣傻呀，妳知道妳爸爸的脾氣，他說得到做得到的。」

「爸爸，媽媽，請您們原諒……」

父親用力對李卻揮了一記巴掌，氣虎虎地走出小木屋，頭也不回，媽媽是哭著離開的，還一邊咒罵著，他哥哥吐了一口痰在白里安的身上，走前丟下了一句話：

「幹你娘！姓白的，你走著瞧，我絕對要給你好看！」

這個場面白里安和李卻以前都想到，祇是比意料中來得強烈，竟然要脫離父女關係！而對白里安簡直不把他當人看待，那種對他不屑一顧的態度，像一個燒紅的鐵印子，深深地烙在他的心版上。

過了幾天，李卻收到一封沒有署名的信，裡面祇附了一小段剪報，是一則聲明啓事：

小女李卻因行爲乖張，不受家教

自即日起脫離父女關係，特此奉

告諸親友　　李剛啓

李卻看完了這份剪報，祇覺眼前一黑，整個房子旋轉起來，然後倒塌了。

她趴倒在榻榻米上，胸口像被重物壓得很難過，她發覺她以前的堅強都是假的，現在的她，從來沒有對人生那麼絕望過。她無聲地讓眼淚不停地汩汩地流……

這個打擊對李卻來說，相當的沉重，從此，她變得很消沉。白里安爲了安慰她，除了出國，便把所有的時間留下來陪她。

這期間，白里安又到香港二趟，每次回來，就感覺李卻愈來愈癡呆，她老是兩眼無神，幾乎要變成一個空洞的人。

有一天在一起洗澡的時候，他看到妻子的肉體已經沒有以前那麼紅潤，皮膚表皮泛著一層蒼黃，白里安很是驚悸，結婚不到幾個月的時間，竟然變得如此之快，他甚至看到她的手腕有帶青的針孔。

他就在不安的情緒下問她：

「小卻，妳又打針了嗎？」

李卻並沒有吃驚，也沒掩飾，她坐在澡盆裡點點頭。

「可是，爲什麼啊？我不是說過，我如果對妳有什麼要求的話，唯一就是要妳戒掉這個惡習！它不只傷害著妳的身體，也傷害著我啊！」

李卻低著頭，默默不語，她的下頷已浸在澡水裡。

「小卻，妳說話呀……」

「我的心好難過……」李卻擡起臉哀怨地說，眼眶中蓄滿了迷濛的淚水。

白里安是眼睜睜地看著李卻愈陷愈深的，他束手無策，不到一年，李卻從還有點羞恥心偷偷摸摸地吃白板、打速賜康，到後來，她已沒有辦法抑制自己，整個床頭櫃的抽屜裡，都放滿了白板和紅中。

藥性發作的時候，她也會穿著睡衣下樓，到雜貨鋪買東西，然後在街頭東倒西歪，丟人現眼，鄰居已見怪不怪，但房東不但用有色的眼光看她，有一次他回來，李卻竟然在他們房間裡，衣衫不整地跟房東——一個六十歲左右的男人，在喝酒和打情罵俏。

房東當然不懷好意，他直說因爲李卻下樓買藥，上不了樓，他扶她上來的。他邊點頭邊很尷尬地走了。

白里安手上拎著東西，他氣昏了，這是自他結婚以來對李卻最傷心的一次。看到李卻迷迷糊糊，襯衣內空無一物，肩帶滑落一邊，一隻乳房露出一半，可是李卻對於她自己的失態，卻毫無所知。

「你……回來啦……」她又喝了一口啤酒說。

他把東西摔到地上，走到她面前，惡狠狠地朝她的面頰一掌打下去。然後罵著說：「李卻，妳吃死它好了，我不管妳了……」

李卻挨了一巴掌，她衹是怔了一下，癡迷的眼光看著白里安，若無其事地，她摸摸腮頰，接著拿起罐裝啤酒，又喝了一大口。

白里安坐在床沿，他把雙手插進髮叢裡，痛苦地流下了眼淚……

3 在拘留所裡

嘎——尖銳的一陣煞車聲，使白里安從回憶中回到現實來。他坐正身子，看看外頭，發現車子已到台北市區。他覺得眼角癢癢的，伸手一抹，原來是剛才耽於回想中所流下的淚痕。

回到台北市，離家愈近愈是情怯。白里安心跳得很厲害，他想李卻不知道又出了什麼事，要不然不會在前天還在電話中講得好好的，要到機場來接他，但卻失約了。

下了計程車，儘管拖了兩大箱行李，他還是急匆匆地上樓，經過二樓時，剛好在門口碰到那個色迷迷的房東，房東拉住他，很誇張地說：

「你太太出事了！」

「什麼？她怎麼啦？」白里安的心幾乎要跳出來。

「昨天被警察抓走啦！」

「爲什麼？」

「聽說是吃迷幻藥昏倒在街上，被人送到警察局去，現在以違警拘留，關起來啦！昨天管區的警察來通知過……你又在香港，也不知道你的電話，就是有電話給你，也沒有用啦！不是嗎？聽說拘留五天而已……」房東擠著細小的眼瞼，有點幸災樂禍滔滔不絕地說著。

白里安來不及把行李放好，匆匆忙忙到分局，夜色已經籠罩，剛好趕上會面時間。

拘留所設在分局的地下室，長長的走廊兩旁隔成了七、八個小房間，用鐵柵欄圍著的房間裡，有的關著三、五人，有的七、八人，女違警人關在最角落的一間。經警察傳喚，李卻步履蹣跚的來到會客室。

他們在一張長桌子前對面坐下。白里安的心情充滿焦急；李卻面無表情，看到白里安時，眼淚才像斷了線的珍珠，一連串地從眼眶裡簌簌滑落。

「小卻——」白里安心痛地叫著。

李卻祇有不停地啜泣，眼睛看著桌子，不敢擡頭正眼看白里安。

「爲什麼呢？」白里安無奈地說：「爲什麼又要吃藥呢？而且，妳不是答應到機場接我嗎？」

「……很對不起……」李卻囁嚅地說，仍然沒有擡起頭。

「小卻，妳告訴我，爲什麼非吃藥不可？」白里安說著去扳起李卻的臉，她的臉頰淌滿了淚痕，像一畝新耕而蒼白的田畝。

「我難過……我對不起……」

「妳知道再這樣下去，妳會毀了妳自己，而且也會把我們這個家給毀了。」

「……」

雖然白里安一直在苦苦的規勸，但李卻不再說話，兩個人就在這個生平第一次到的地方，在暈眩的日光燈底下，各懷心思。

李卻在拘留所關了五天才放出來，每天晚上會面的時候，白里安都買了一些她喜歡吃的東西去給她吃，但是李卻胃口奇缺，她吃藥已上癮，天亮前和午後，是她索藥最急的時候，她會難過得全身痙攣，猛跺地板和敲打牆壁，甚且痛苦得痛哭流涕。

白里安因為連續看她四天這樣折騰，而且未曾化粧，李卻的臉變得浮腫而且蒼白，看得白里安打從心底發冷。他在內心裡呼喊著，完了！完了！李卻想必已無可救藥！

他曾經想把她送到煙毒勒戒所，李卻當然打死反對，他也怕因此而給李卻留下不好的紀錄而作罷。

後來他想到把李卻帶到國外走走，看能不能解除她的苦悶和吃藥的壞習慣，再說，白里安也想應該回檳榔嶼去給父親看看媳婦。

他們本來一結婚後就想回馬來西亞走走的，因爲李卻反對，她想把吃藥的習慣改掉後才回去，沒想到吃藥不但沒改掉，反而更加嚴重。

白里安認爲不應該再拖，死馬當活馬醫，不管如何，還是先回去再說。

這次，李卻拗不過他了，白里安即刻辦理出國手續，一切都很順利，出境證不到一個月就拿到。

爲了解除李卻在台灣這個吃藥的噩夢，白里安想得很天眞，祇要趕快把她帶出國，她的病可能就不藥而癒。因此他一點都沒耽擱，拿到出境證的當天，白里安臨時起了一個念頭，他向李卻說替她投了個五百萬元的人壽保險。五百萬元的人壽保險因爲要檢查身體，所以李卻不太願意，她奇怪地問：

「爲什麼要保險啊？」

「妳難得出門，保一個圖個吉利。」

「搭飛機本身不就有保險嗎？」

「是啊，沒錯，可是這是人壽險，二十年內沒有出事情，還可以領回五百萬，等於一種儲蓄存款啊！」

儘管李卻嘀咕，但還是到了保險公司去辦手續，檢查身體。她的身體並無大礙，祇是有點輕微的心臟衰弱。

訂好班機，出國前幾天，白里安很細心地照料李卻，他幾乎對她寸步不離，他一直拜託李卻，千萬不要再吃藥，他把她的藥全部丟掉，李卻實在也很爭氣，用了很大的毅力來克服誘惑。

出國前夕，李卻以前的兩位室友陳翠和芳妮約在餐館爲他們順風。

那是城中區的一家大飯店，在十二樓所附設的西餐廳裡，落地窗外可以看到淡水河閃爍的漁火，以及幾條横跨在河上大橋的燈光。室內燈光柔和，遍植著落葉盆栽，加上流瀉的西洋抒情音樂，充滿了綠意和詩情。

陳翠和芳妮都是李卻在補習班認識的朋友，芳妮雖然家住台北，但也時常跟她們泡在一塊，有一些比較不良的習性，包括吃藥的事兒，都是從她那兒學來的。陳翠和李卻並沒有因此而責怪芳妮，反而感到祇要三個人在一起瘋，就是人生最快樂的事。

結婚後的白里安，才慢慢了解李卻，同時也多少聽到一些有關於李卻她們的過去；其中自然牽連到芳妮和陳翠。所以雖然婚後他見到她們的次數並不多，但是對她們實在沒有好感。他是儘量在避免讓李卻又跟她倆在一塊兒；就以這次的餞行，起初白里安也極力要謝絕的，是因爲拗不過李卻，才勉強答應的。

七時正不差，他們都到了這家餐廳，女孩一見面就哇啦哇啦大叫起來，還很親切地互相擁抱。白里安傻傻地站在一旁，他看到李卻臉上的陰霾和蒼白一掃而空。

領桁把他們帶到一個角落坐下點菜後，她們還聊個不停，從她們興奮的交談中，白里安靜靜地旁觀著；陳翠今天穿著一件棉織圓領無袖襯衫，一條流行的燈籠褲，是典型的迪斯可裝，比他在幾個月前看到的更嬌豔。而芳妮一件男性化的襯衫，臉頰在燭影下飄浮不定，他因爲坐在她的左側，不但可以看到她唇上朱色的口紅，也聞到一股撲鼻的香水味。

湯和麵包來後，她們才安靜下來。

白里安順口就說：

「今天很感謝妳們的邀請，李卻好久沒跟妳們見面了，難怪妳們聊個沒完。」

「我要向你抗議，」陳翠尖聲地說：「我打過幾次電話，要約小卻出來喝咖啡，聽說你都不同意！」

「沒有啦！她……她最近身體虛一點。」

「我告訴你哪，」芳妮在旁邊插進來說，右手還擺動著，做個誇張的動作：「結婚，可不是就失去自由啦，你把小卻看得那麼緊，怎麼，怕飛了！」

「哪裡的話，我可是關懷著她的身體呢！」白里安微笑地說：「我倒是希望妳們在我不在的時候，常常來玩，陪陪她，妳們到底是一、二年親密的室友啊！」

「哼！違心之論，你怕她交我們這些朋友，一出來就變壞啦！」陳翠諷刺地說。

在一旁一直不說話的李卻，知道她們在開玩笑，她也知道白里安不太喜歡芳妮和陳翠，最主要是怕她再跟她們胡天胡地搞在一塊。

她替他解圍地說：

「其實里安是疼我，我結婚後身體更弱，妳知道，我現在吃白板吃得更厲害，癮來的時候，三顆、五顆都不夠了……」

陳翠和芳妮都露出一個驚詫的臉色。

「結婚不就是有寄託了嗎？幹麼還要吃藥？」芳妮不解地問。

「他出國不在時，我很空虛！」她轉了一下圓眼珠，有點不好意思：「那時候眞想打電話給妳們，但又怕妳們嫌我這個已婚的老太婆，又怕害妳們再吃藥……」

服務生過來問還要不要湯，然後把空盤子端走。

陳翠靠到李卻的身旁說：

「告訴妳，我們都在做事了，老早就離開了補習班，搞什麼聯考，眞他媽的！我們不都是在補習班的時候學壞的嗎？」她用餐巾抹抹嘴角，又繼續說：「我和芳妮都在一家建築公司做事，收入還不錯呢！我們的工作就是售屋小姐啦，我們每天打扮得漂漂亮亮，坐在工地的樣品屋打高空、猛吹牛！有些無聊男子，房子沒買成，還一天到晚打電話要請吃飯呢！」

「啊！那不是很愜意嗎？」李卻不由得羨慕地說。

「是啊，由於接觸面廣了，而且有說有笑，精神開朗不少，我們已不吃藥了，再說，公司也不允許。」

「那太好了！」白里安高興地說：「爲了妳們脫離苦海我要喝一杯，也希望李卻向妳們兩位好友看齊！」

白里安說罷，自己一咕嚕喝下一大杯啤酒。

她們兩位都多少看出因爲李卻吃藥，帶給白里安的痛苦。因此當他獨自喝下一大杯啤酒後，兩人互相使了個眼色，芳妮先開口安慰他說：

「白先生多留些時間在台灣，多體貼一點，小卻的毛病就可以不藥而癒的，不是嗎？我們都好過來啦！尤其這次你帶她出國玩一趟，看看外國風光，吸一吸南洋的新鮮空氣，我保證她會改掉這個壞嗜好的。」

「是啊！我一直盼望她不吃藥就好，本來在結婚後就要帶她回去馬來西亞看看我家人的，她一直吃藥，所以拖到現在！」白里安說完轉臉對著旁邊的李卻，並且伸手去握她的小手。「答應我，在妳好友面前答應我，把吃藥戒掉！」

大家都看著白里安說得很誠摯，李卻大受感動，含著眼淚說：

「我答應……」

天眞的陳翠和芳妮鼓著掌，掌風把桌上的燭火震得飄搖不止。

白里安露出一個安慰的神色。

李卻卻露出一個茫然的表情，幽幽地說：

「里安實在對我很好，前天他才去幫我投了個五百萬元的保險。可是，我這個人又有神經質，以前就怕坐飛機，這次又保了險，我心底老是想，這一去可能回不來了，會死在遙遠的國外，再也看不到妳們了……」

這段話把大家都嚇著了，尤其白里安，臉上帶著訝異和微惘：

「阿卻，別亂說話。」

陳翠和芳妮都覺得很意外，她們覺得這麼消極的話，並不像跟她們生活在一起有兩年之久的李卻說出來的。芳妮困惑地看著李卻：

「小卻，胡說八道什麼！什麼玩意的人生觀嘛，放心吧！有時候人要死也死不了的。」

李卻忽然振作地笑起來，雖然有些怪異，但好像眞的很開心一樣，她一改剛才那種消沉的口氣：

「開玩笑的啦，我怎能輕易地說死就死呢？里安對我那麼好，我已經對不起我父母了，我當然更不可以對不起里安。」

白里安和李卻互相握緊了手，氣氛有些低沉，陳翠爲了打破這悒鬱的空氣，她清清喉嚨，改變話題，故作輕鬆地說：

「小卻，這次妳要到馬來西亞去，回途會不會經過香港呢？」

李卻看看白里安，白里安點頭。

「那妳想不想去看一個人？」

「誰？」

「周清紅！」

李卻聽到這個名字，一種迥異的表情立刻從她的臉部閃過。她淡淡地說：

「哦！是她！」

「她最近從香港回來，一直要找妳，我也打過電話給妳，沒找著妳，同時也怕妳還在生她的氣……」

「算了，提她幹什麼？她好差勁，她也一直要我聯絡妳，她說要向妳道歉！」芳妮也跟著說。

陳翠提到周清紅這個人，她們的對話和表情，白里安都看在眼裡，他也有些奇怪，感覺她們所提的這個人，跟她們好像很熟，很密切，爲什麼他從來沒聽李卻提過此人；而且李卻聽到周清紅這個名字時，她的表情也很特別，彷彿在內心有種不尋常的震盪。

「他是誰呢？」白里安忍不住開口問著：「我以前怎麼都沒聽說過這個人呢？」

李卻知道白里安一定會這樣問，她從他焦急的目光中知道，他極想知道周清紅這個人。可是，李卻卻不願意讓他曉得，她很煩她們忽然提到她。

三個人的目光都注視著李卻，李卻衹好硬著頭皮，不甚情願地說：

「她是以前的室友而已——還沒住到小閣樓前的室友。後來，她到香港去了。」

「好啊！既然是室友，一定是好朋友嘛，好，我們回程時去看她！」白里安開朗地嚷著，雖然開朗的表情有些誇張。

「是啊！小卻，有時間就去看看她吧！」芳妮也鼓勵著：「她到底是我們的老大姊啊！」

「在國外碰到老朋友，感覺一定很新鮮，不是嗎？阿卻，去看她吧！」陳翠也附和著。

李卻陷入困惑中，她不願意在白里安的面前表現得很在乎這件事，以免他起疑。所以她勉強地說：

「好吧，把地址給我吧！」

「上次她回來，說她住在油麻地的佐敦道。」陳翠邊說邊在皮包中找記事本。「還說那兒離尖沙咀很近，喏，就是這個地址。」

陳翠把紅色小冊子攤開，指出一行特別粗黑的字體。

白里安掏出一枝原子筆，把那一行地址和電話，抄到李卻的手記本上。

那個晚上，大概就是這樣扯扯聊聊，九點多鐘就散夥了，離開前，他們互道珍重，白里安並且希望陳翠和芳妮有空多到他家跑跑，給李卻做個伴。

4 出境

第二天，白里安和李卻兩個人從桃園國際機場出境，他們搭馬航班機自台北至香港，然後直飛吉隆坡。

機場空曠曠的，沒有人來送他們，要進入出境室時，矗立在李卻面前的那道門，好像宿命的一種關卡，令她百感交集，當她一回頭，她看到整個候機室罩上一層水幕，使她視線迷濛……

馬航班機在馬來西亞的古晉過境加油添水，一個鐘頭後就直飛吉隆坡。

在這長達六個小時的旅程中，除了最初李卻身體略爲不適外，其他的時間充滿了好奇和快樂，白里安看在眼裡，他的心裡眞有一絲安慰，也有一絲的惆悵。

在吉隆坡下飛機後，爲了趕時間，他又到國內線的櫃枱，買了兩張直飛檳城的機票，搭飛機從吉隆坡到檳城，祇要四十五分鐘，如果改搭巴士，則要花掉半天的時間；

近鄉情怯，也爲了早一點帶李卻回到久別兩年的家，他不考慮機票與車票的差額。

當飛機盤旋在檳榔嶼的上空時，李卻一直沒有把視線移開窗口，機翼下南洋熱帶風光，綠色的橡膠園與椰子樹，港灣散布的帆船，以及島嶼上的一些英國式的白色建築，都出乎她意料之外，她沒有想到檳榔嶼從空中俯視竟然是這麼美麗的城市。

其實，李卻對白里安也了解不深，就像她不了解檳城一樣，白里安每次談到他在馬來西亞的家庭，祇淡淡地說，家裡在檳城開一小片店，談檳榔嶼也祇是個小島而已。

白里安的家在市中心的一條小街上，街兩旁都是二層樓的店舖兼住家建築，是典型的華埠，檳榔嶼百分之八十都是華人，而且幾乎都是福建潮州人，最通行的語言是閩南語，它的腔調很接近台灣的彰化人。因此李卻對檳榔嶼的最初印象，她一點都沒到外國的感覺，她好像回到南部的故鄉一樣。

白里安的父親在街尾開了一間雜貨舖，賣油鹽食米之類，叫「來發號」。他們家店舖的兩根磚頭砌起的柱子，用油漆漆成白色，兩邊都用大紅字寫上鹽和米，顯得很醒目。

白里安回到家已經黃昏，他的父親正在店裡忙，看到兒子帶媳婦回來，顯得好高興，他放下手中的工作，一邊摘下老花眼鏡，一邊朝裡頭喊叫著老伴。

「阿蓮仔，阿里仔從台灣娶媳婦回來了，趕緊出來！」

店裡頭堆滿穀類和食品罐頭，祇剩下後邊櫃枱旁的一處小空隙。白里安放下手中行李，這時白里安的媽媽從內走出來，頭上梳個挽髻，髮根都白了。喜孜孜地看著兩年不見的兒子，和身邊的媳婦。

「阿爸！阿娘！」白里安愉快地叫著。

李卻雖然來自南部的鄉下，但對父母親這種充滿鄉土氣的叫法，她從沒喊過，因而有點發楞，白里安捏她一把，她才跟著叫了兩聲：

「爸！媽！」

「唉喲，眞乖巧啊！」老媽說著，把她拉到日光燈下，仔細地端詳，呵呵地笑著，嘴巴都合不攏來。「生著眞賢慧，眞水囉！」

李卻倒是被弄得有些不好意思，她回頭靦腆地看著白里安，卻發現公公和丈夫也一個勁兒地對著她在傻笑。

公公說：

「你們結婚一年啦，妳阿母現在才看到媳婦，想死了，妳就給她看個夠吧！」

公公和婆婆是兩個慈祥和藹的老人，都已接近七十歲了。白里安排行最小，他有兩個哥哥和兩個姊姊，大哥和大嫂在店裡幫忙，二哥遠至新加坡創業；兩個姊姊一個嫁到怡保，一個就在檳榔嶼對面的大年。都是小康家庭。

由於二老歲數大，他倆一直希望白里安回來檳城，不要再在外頭浪蕩了。一輩子的省吃儉用，他們有些儲蓄，如果白里安肯回來，他們是可以給他錢開一間店的。

可是，白里安習慣台灣那種悠遊富裕的日子，已經不可能再要他回到檳榔嶼這種鄉下過樸素呆板的生活。

他們一共在檳榔嶼待了十天，如果要扣掉到各地方去遊玩的時間，實際在檳榔嶼不足四天。

來發號一樓爲店舖兼廚房浴廁，二樓隔成三間木板房，兄嫂住在前面臨馬路的房間，二老住在後面，另外樓梯邊一個儲物間，臨時打掃好做白里安和李卻的新房。兄嫂對台灣來的這個弟媳，很是照顧，祇要在家，便不停地問寒問暖，好禮得使李卻覺得過分。

離開檳榔嶼到香港的前兩天，他們遊罷極樂寺回來，白里安忽然心血來潮，他說要到怡保去找兩個同學，可能要晚些回來。李卻本來要跟去，白里安卻不肯，他說：

「後天就要走了，妳好好陪二老！」

丈夫既然這樣說，她當然不能再強求，祇好勉強答應。

白里安爲什麼不讓李卻一道去怡保呢？因爲他在怡保曾有一個女朋友，他想如果從同學那裡聯絡得上，他要會會她，怕不方便，所以拒絕李卻。

白里安在下午一點從家裡出發，騎著家裡的本田摩托車到怡保，說當夜要回來，可是白里安卻在第二天近中午的時候才回來。

白里安這整整廿三個小時的外出，紕漏可出大了，他回到家的時候，父母親和兄嫂都板著臉孔看他，大家鐵青著臉，一句話也不說。

起初他以爲他們在生氣他一夜不歸，可是應該不會那麼嚴重啊！他看情形不對，又看不到李卻，心裡立即掠過一道陰影。

「跟老同學聊天喝酒到天亮，所以現在才回來，怎麼啦？咦，阿卻呢？」

「在樓頂，你去問她好啦！」他老爸的話冷得像冰一樣。「阿里仔，你老實講，這個女人以前是做什麼的，煙花界的嗎？」

白里安三步做兩步，一口氣爬上樓梯，打開房間門，祇見李卻穿著睡衣蜷縮在牆角，聽到聲音，她睜開遲緩的眼睛，無神的瞳子發著黃。

她牽動著嘴角，低聲地說：

「昨晚我等你到半夜，忍不住，又吃藥了……」

白里安記得離台前已經把白板、紅中都丟掉了，現在他沒有問她到底把藥藏在哪裡，因爲問也沒用，一切都太遲了。他像一棵白蘿蔔，一頭栽在床上。

昨天下午自從白里安騎著車走後，李卻就顯得不自在起來。她在店裡坐了兩個鐘頭，幫忙賣了一些食品汽水之類，客人有的是印度人，也有馬來人，講的話竟然也是閩南話，使她大感意外，由此也可想像得到，在檳榔嶼華人的勢力有多大，幾乎把所有的人種都同化了。

晚上吃過飯以後，白里安還沒回來，他們聊了一會兒天。大哥忽然提議要帶李卻去逛逛夜市，二老和大嫂也慫恿她去走走，反正，白里安不會那麼早回來。

李卻在檳榔嶼幾天，除了島上的風景區均已走遍外，還搭火車到吉隆坡一趟，吉隆坡近郊的黑風洞也去了。他們接著還到雲頂高原住了一夜。倒是此地的夜市尚未去過。

白里安的大哥叫白里寧，大約四十歲的年紀，由於長年生活在南洋熱帶氣候下，皮膚曬得有點黝黑，是一種健康的古銅色。他身材中等，由於勞動的關係，肌肉很結實；他臉部的輪廓比白里安深，相貌卻較忠厚老實。

檳榔嶼人，大家的穿著都很隨便，男人祇要短褲、汗衫、塑膠拖鞋就可以上街了，女人也很簡單，或寬寬鬆鬆的沙籠一件，或棉衫，照樣在大街晃來晃去。檳榔嶼的夜晚很涼快，海風從麻六甲那邊吹來，把白日的熱氣蒸發掉，因此島上就剩下星光、椰影，充滿了南國羅曼蒂克的情調，海邊和夜市便成爲島嶼人最佳的休閒去處。

白里寧穿著一件白色無袖運動衫，正面印有帆船和「新加坡歡迎您」的英文字樣，牛仔短褲。他帶著李卻穿過三條街，就到了夜市集中地，其實那只是兩條丁字形的街道所形成的，白天是一些賣雜貨服裝的舖子，到了黃昏一些賣飲食和成衣什物的攤販集中起來，便變成人潮洶湧的市集了。

李卻走在白里寧的旁邊，他一直問她要不要吃這個吃那個，但這裡的食物，煎、炒的比較多，或許是剛吃飽，她一直沒有胃口，倒是那些坐在地上的攤販，不管賣成衣的或賣土產的，在自備乾電池所發出來的白色光束下，吆喝之餘一個個和藹可親，使李卻很感動。記得小時候在鄉下，在廟口的三、兩家夜市攤販，也是這樣的；從檳榔嶼的夜市，可以體會到它生活水準的低，如果要與台灣比較，檳城至少落後了二十年。

他們在夜市停停看看繞了一圈，走出夜市拐個彎，街頭出現了一家大飯店，門口停放了幾部三輪車，李卻長這麼大還沒看過這種搭客坐在前面的三輪車，因而很好奇，就停下來看個不停。

白里寧在旁邊看她看得出神，便問：

「台灣沒有三輪車嗎？」

李卻點點頭，她解釋地說：

「台灣的三輪車老早就淘汰了，而且樣子不一樣，在台灣的三輪車駕駛人是在前面踩的，不像這裡客人的座位在前面！」

「哦！」他慫恿地說：「要不要坐坐看？」

李卻有些心動，但又有些不好意思，猶豫著。

「沒關係啦！到海濱繞一圈，才四塊馬幣，我陪妳去看看夜景啦！」

正當他們站在馬路上遲疑的時候，一部三輪車已踩到他們的面前。車伕五十歲左右的年紀，皮膚曬得黑黝黝的，笑著露出一口白牙，用潮州閩南話招呼地說：

「人客啊！坐一回啦！去海邊看夜景，不錯啦！」

李卻於是和白里寧上車，兩個人並排地坐著，車伕蹬一下就上路了。因為車廂在前面，上面沒有布篷，空蕩蕩的，李卻覺得很新鮮，而且車子一走動，涼風撲面，舒服極了。

車子繞過幾條街，就到了海邊，濱海公路有點像台灣花蓮亞士都飯店前面的那條路，路旁一樣種著椰樹，星光椰影，有情人一對一對地在海灘散步，加上遠方漁火點點，充滿著南洋羅曼蒂克的情調。

白里寧雖然已到四十歲，但坐在李卻的旁邊，顯得很木訥，他好像還有些害羞。車子轉彎的時候，他們光滑的手臂便擠在一起，碰到這種情形，他都急急地避開，李卻不免要看他一眼。

花了四元馬幣，大約在車上兜風半小時。他們回到家還不到八點，可是，白里安還沒有回來。

李卻在店口坐了一會兒，幫忙招呼著生意，白里安的父親安慰地說：

「阿里仔幾年沒有回來囉，他有幾個好朋友在怡保，聊天聊晚了，而且從這裡到怡保，騎摩托卡大約也要兩個小時。」

「沒有關係……」

李卻雖然這麼說，但是她發現自己打從心底一直煩躁起來，她的眼光常常忍不住要去看一個擺在桌上的玻璃櫃，因爲那裡邊，放著一些維他命、感冒、擦傷等西藥，瓶瓶罐罐以及瓶子裡那些黃色、紅色的膠囊，火辣辣地刺著她的眼睛。

這時候一個印度阿三來到店門口，指著藥櫃裡用閩南話說要買一瓶均隆驅風油。

李卻很快地站起來，走過去打開藥櫃，手還沒拿到驅風油，一股撲鼻的西藥味，使她一陣眩然，心房立刻緊緊地收縮起來。

客人走後，李卻已神不守舍，源自肉體深處的一種埋伏，已逐漸不能控制地潛行起來。

她在內心狂喊著，老天，千萬不能現在，千萬不能！然則，一種傷寒似的侵襲，使她身體一直不停地打顫，她臉色突然變得很蒼白，汗水淋漓。

首先發現她的異樣是白里寧，他很訝異和關心地詢問她哪裡不舒服。

李卻緊皺眉頭，不敢擡眼看他，輕聲地說：

「我頭很痛……」

兩老也發現了李卻的異樣，甚是慌張，嘴裡喃喃地嚷著：「是怎麼啦？無緣無故，莫非是中暑啦？」

李卻忍著痛苦的煎熬，用手背擦汗，強作笑臉。

「頭殼忽然痛起來，休息一會兒就好，爸媽，我上樓去躺躺……」

「唉喲，吃片止痛丸，塗塗萬金油看看啦！」老媽殷勤地說。

白里寧就遵照母親的吩咐，在藥櫃裡拿了這些東西，李卻明知道這些東西沒有用，但還是伸手接過來。白里寧皺著眉頭看她。

「我到樓上吃藥……」

「趕緊啊，趕緊啊！身體要顧好喔！」老爸說。

李卻朝他們看一眼，就回身往樓梯上去。焦急的腳步踩在木板梯級上，重重地發出碰碰的聲響。

他們三人，都用詫異的眼神看著李卻上樓。

等不及進入房間，李卻的身體已發抖不止，把一扇薄門掩上後，她整個身體便癱在地上。一種焚心般的奇癢，彷彿有成千上萬的小蟲，在她的血液爬行，而疼痛欲裂的腦袋瓜裡，也有如一隻小鹿在裡邊作劇烈碰撞。

她流著口涎，臉色蒼白，癱在地上有如一隻生病的狗，狼狽不堪；可是她已顧不了這些，這半個月以來的克制，功虧一簣，終於熬不住地崩潰了。

勉強站起來，急急在床頭找著一只手提皮包，從裡層的一個暗袋裡打開拉鍊，拿出一個塑膠藥袋，她顫抖著手把裡面的藥倒出來，在床上散開有十來顆白色的藥片。

當然，那就是「白板」諾米諾斯。

李卻對著那些藥片既是疑懼又是茫然，猶豫了一下，但是，她的意志馬上被痛苦的需求所擊垮。突然間，她從床上抓起一把，也不知道有幾顆就猛往嘴巴裡送，在床邊的小桌上拿起一杯水，咕嚕咕嚕地連同嘴裡的藥片一口氣吞下去了。

然後，李卻爬上床，蜷縮在床邊，一雙手抱住膝蓋，在顫慄中等待藥效；至於吃下了這些白板，會有什麼後果，她已沒辦法去顧及了。

大概過了十五分鐘，她身體的發抖已經停止，三十分鐘，藥力逐漸在她身上起了作用，一些迷幻的假象在她的思維裡穿插切入；有雁鳥在豔紅的領空結隊飛行，有花豹子的激烈怒吼，慵慵的下午在草地上彷彿被某種期待中的形象強暴了，既模糊又變幻無窮。因而她覺得被解放了，心志興奮起來。

李卻慢慢地把蜷曲的四肢伸直，臉上洋溢著曖昧的笑意。她的身體逐漸輕鬆，後來她覺得輕飄飄地，下意識好像回到台灣的閣樓裡，吃藥打針一個人在享受的快樂。

她輕飄飄地站起來，無意識地脫光身上的衣物，然後又爬上床，放肆地仰躺著。李卻，她正迷迷糊糊地期待藥物所帶來的刺激高潮。

緩緩地、慢慢地，李卻的身體和思維整個架空了，藥力發作到顛峰的時候，使李卻又想笑又想哭，她不但像喝醉酒似的酩酩酊酊。她感到耳鳴如風螺，頭痛欲裂，然後又是胸口擠迫又惡心……於是，李卻忍不住猛敲床板，又站起來捶捶牆壁，痛苦難耐的時候，她順手抓起掛在牆壁上的衣服，猛撕著，同時又哭嚎又詛咒地嘴裡不知道胡言什麼，像中了鬼邪。

這樣瘋狂的行爲，驚動了樓下的白里寧他們，他們上樓的時候在門口怔住了，房間的木板牆幾乎要被李卻拆掉，他怕她出了意外，可是推不開門，李卻在裡面反鎖了。

「阿卻，阿卻——」白里寧焦急地叫著。

兩老在樓梯口又狐疑又驚懼，搞不懂他們的媳婦怎麼忽然發起狂來。

「阿卻，開門啦，妳怎麼啦……」

這時，房間內粗暴的動作停下來，靜寂了一會兒，然後，門突然開了，一絲不掛的李卻跑出來，嘴裡直嚷著：

「好熱啊，我要出去吹冷風……」

這樣的景象把三個大人都嚇著了，白里寧起初有些尷尬，但他馬上拿定主意，他一把抓住李卻，把李卻往房間裡推，可是她正在迷幻狀態，她根本不知道自己在幹什麼。她衹覺得滿身的灼熱，直想往外跑，跳進冰涼的海水裡。

因此，一個要出去，一個不肯，兩個人便糾纏在一團，兩老看著李卻赤身露體，和她那種瘋相，兩邊的眉頭都豎在一起了。

老媽嘴裡直唸著：

「阿彌陀佛，阿彌陀佛……」

老爸緊抓住老伴的手，嘴裡也呢喃著：

「作孽啊，作孽啊……」

白里寧費了很大氣力才把李卻關回房間裡，差不多一個多小時後李卻才安靜下來。

父子三人下樓後議論紛紛，搖頭嘆息，他們心裡在猜測著，這個媳婦到底是什麼身分，莫非是一個煙花界的女人，要不然怎麼會這麼不知羞恥。

李卻當然知道廉恥的，衹是吃藥的時候便忘記和不顧一切了。

當凌晨萬籟俱寂的時候，李卻清醒過來了，她發現自己身上脫得光光的，又依稀想起白里寧抱著她掙扎的景象，還有兩個老人那驚詫的眼光……

「啊——」

她悲慘的哀叫了一聲，就在床腳哭到天亮……

所以，當白里安在第二天回來之後，一切已都太晚了，傷痕已經烙印。他還受了父母親和兄嫂的責備與質問，白里安無言以對，而李卻，她哀寂而沉默，一句話也不說，直到隔天他們不歡而痛苦地離開了馬來西亞檳榔嶼。

5伊麗莎白女皇套房

在吉隆坡至香港的馬航班機上，白里安和李卻仍然存有隔閡，他們雖然在一起，但形同陌路人。

這一次，在白里安從怡保回來後，所受到的聲討和批判，使他對李卻傷透了心，在內心裡對她有無比的憤懣。而李卻呢？由於她吃迷幻藥而大出洋相，在他父母面前丟人現眼，她有著很深的內疚，所以白里安對她冷漠無情，不聞不問時，她反而因沉默而好過，倘若這個時候白里安對她無微不至的體貼，她一定衹有哭泣不停。

飛機抵達香港時是下午三點多鐘，他們通關走出機場時已經四點了。計程車搭乘處排了一條大長龍，香港的擠迫一下子就侵襲過來。白里安因爲常來香港，他看起來平淡無奇，李卻第一次踏上香港的土地，這種景象使她充滿好奇和興趣，於是她在檳榔嶼不愉快的經歷，像一個活結，逐漸在她的心中解開。兩天來繃得緊緊的臉皮，也鬆弛下來。

白里安沒有排進等計程車的隊伍，他帶著她往人群外走，不一會兒，就有一個中年人過來問他要不要搭車，白里安問他到尖沙咀要多少錢。

司機開口一百元港紙，白里安面不改色地殺了五十元。那人起初咕嚕咕嚕一陣子後，竟然也同意了。

他的車子擺在停車場，是一部嶄新的日本豐田牌轎車。

他們坐上車後，李卻就忍不住問道：

「奇怪！香港的計程車還能講價嗎？」

白里安就是常常被李卻諸如此類的這麼純和這麼天眞，搞得啼笑皆非，他雖然氣著她，給她這樣亂無常識地一問，逗笑了。

「誰說它是計程車呢？它是私家車跑野雞賺外快啊！」

經白里安這麼一說，她才恍然大悟。

車子離開啓德機場，經九龍城、紅磡，然後直赴尖沙咀，沿途高樓大廈以及滿街掛在路中央的招牌，還有雙層巴士，使李卻看得眼花撩亂，因爲這些景觀，都是台灣所沒有的。李卻浸淫在新奇的印象中，已完全忘記紅中、白板，又渾然不記得兩天前在檳榔嶼的不快；她的歉疚也在白里安頻頻的導遊說服下消失無蹤。

在尖沙咀漆咸道下車，白里安帶著李卻住進一幢古老的維多利亞式五層樓建築的頂樓，這個地方是一家由台灣人經營的貿易公司所設，公司開仕三樓，專門販賣一些中藥材、糖果、化粧品及日用品，對象包括一些台灣來遊埠的觀光客，還有像白里安這批跑單幫的兄弟。公司爲了應付單幫客的需要，老闆又租了頂樓，隔了五、六個房間出租給他們。通常一個房間可擺下兩張上下床鋪，可住四人，每人收費港幣二十元，算起來頂經濟的，而且還有冷氣設備，唯一不便的是沒有套房，浴廁祇有一套，均爲公用。

祇有靠窗的一間房間擺二張彈簧床，有半套衛生設備，是單幫客們戲稱的「伊麗莎白女皇套房」。老闆特別安排給白里安住，房租八十元。

李卻非常喜歡這個地方，當他把她帶到頂樓臨街的房間，白里安爲她推開了一扇白色的木造拱形窗門時，李卻簡直快樂得像中了愛國獎券一般，她雀躍著，看到窗外漆咸道的路樹倚在窗前，樓下有濃蔭，遠方好幾幢大樓的玻璃帷幕牆，反射著下午黃色的陽光。旁邊還有一片空地，起重機像巨大的怪手般在那兒上上下下，繁忙地操作著。

「喜歡嗎?」白里安看著李卻那麼滿足的神態，也衷心地問著。

「啊!太好了，太漂亮了!」李卻說著靠過去緊緊地抱住他。

「妳知道那反射著陽光的大樓是什麼地方嗎?」白里安故作新鮮地問。

「不知道。」李卻也調皮地說。

「告訴妳，那就是新世界中心，有酒店、貿易中心、高級舶來品店、夜總會等。那裡的房間，每天要五百元港紙左右，我帶妳去住一個晚上如何？」

「啊！不要，五百元港紙，開玩笑，那不是等於新台幣三千五百元嗎？太浪費了。」

「住一個晚上就好啦！」

「不要，那麼貴也是原因，況且，我很喜歡這個地方。」

「好了，就聽妳的話住這裡。其實，漆咸道這個地方是九龍的高級地區，像長得這麼大的樹木的街道，在香港並不多見，彌敦道前段有一些，其他地方都是人擠人，車塞車，哪有這種氣派，還有告訴妳，現在新世界中心的位置，我六、七年前來時，還是大海，這是塡起來的新生地呢！」

「眞不可思議，太偉大了！」

因爲李卻充滿好奇和新鮮感，所以白里安就在十九世紀的窗前，一直滔滔不絕地解說著他所知道的香港。直到夜幕降臨，夜香港的燈光，維多利亞海峽的船火飄搖起來，他們才出外去吃晚飯、逛街。

第二天，白里安帶李卻跑遍了香港和九龍，邊界的勒馬洲啦，香港仔的海洋公園，在夜裡從太平山頂看維多利亞海峽兩岸璀璨如鑽石般的燈光，眞是氣象萬千。到港島乘坐緩慢駛過英皇道的電車，在九龍的雙層巴士，乾淨迅速的地下鐵，一新耳目的海底隧道。

然後，又是那麼多的高級舶來品店，像海運大廈的精品店、伊勢丹和松坂屋等日本百貨公司，都使李卻流連忘返。

第三天晚上，他們從伊勢丹回到伊麗莎白女皇套房還不到十點鐘。白里安在洗澡的時候，李卻翻著十幾大張的《星島日報》，看到電影廣告欄有一家戲院午夜場在放映《艾曼妞》，她記得在台灣曾經在報上看過有關於此片的報導，可惜台灣禁映。這提起她很大的興趣，等不及白里安從浴室出來，就嚷嚷著：

「里安，快來看哦，這裡有《艾曼妞》，而且是午夜場呢！帶我去看吧！」

白里安用浴巾圍著身體出來，邊擦濕淋淋的身體，邊說：

「好呀！在哪裡映？」

「嗯，」她低下頭在報紙上找看，「喏，這裡，叫快樂戲院！快樂戲院在哪裡啊？」

「不錯，離這裡很近，用走路的都可以，就在油麻地附近的佐敦道！」

「油麻地的佐敦道！」李卻無意間脫口而出，一個意念像一隻老鷹突然很快地在她的腦海裡閃過——隨著一個褪色很久的印象；成熟的一張臉，直挺挺鼻子下的大嘴巴，嘴角的一顆美人痣，都在這個時候湧上眼前。

白里安聽著她唸著油麻地佐敦道，表情立刻有點癡迷，他覺得很奇怪。佐敦道——啊！他想起來了，難怪李卻會突然若有所思，佐敦道，那不是在離台前，她的朋友爲他們餞行時，所抄給她的一個老朋友的地址嗎？而且，李卻當時好像心有苦衷，極不願意提起和聽到這個人。

「咦，」白里安故意提高嗓門說：「妳在香港的這個朋友，不就是住在佐敦道嗎？我記得上次從陳翠那裡抄來的地址是這樣寫的！」

李卻沒有應話，一時陷入沉思中。

白里安心裡有個數，他覺得每次提到香港這個人，她便變得異樣，其中可能藏有玄機，或有某種不願人知的祕密。白里安想到這次既然來到香港，一定要會會這個神祕的人。

「她叫什麼名字？」白里安問。

「什麼……誰？」李卻彷彿從夢中醒來。

「她呀！妳香港的朋友！」

「哦！她叫周——清——紅。」

「周清紅，不像女孩的名字啊，明天我們去看看她，好不好？」

李卻不置可否，她仍然在猶豫之中。

「好了，老朋友見見面還有什麼好考慮的，簿子不是有電話嗎？我打個電話過去，約明天到茶樓飲飲茶，見個面！」

白里安那種咄咄逼人的氣勢，李卻知道要推也推不掉了，只好硬著頭皮從皮包裡拿出一本小記事本，翻唸了電話號碼給白里安撥號。

他把電話接通了以後，便把話筒交給李卻，她接過電話，聲音有點顫抖，她嚅嚅地說：

「是周——清紅嗎？我是李卻……」

對方好像嚇了一跳，很大的叫了一聲，連白里安在旁邊都可以聽到，對方聽起來很興奮，哇哇地叫個不停，問李卻是不是在香港……

兩個久別而在異地重逢的朋友，話匣子一打開，或許這種熱烈的氣氛由對方感染給李卻，李卻到後來，也開懷大笑起來。

周清紅馬上說要過來看他們，李卻告訴她他們要去快樂戲院看午夜場。但是周清紅的意思並不想等到明天，她迫不及待地要馬上見他們，李卻只好請白里安作主，後來他們便約好十一時在快樂戲院門口見面。

6 快樂戲院午夜場的重逢

掛下電話，李卻意猶未盡，臉上的笑很迷人，白里安看她的心情不錯，便追問她們以前的關係。

「好像很談得來嘛，她以前是幹什麼的？」

「哦，她……我兩年前來台北上補習班時，她是我們的英文老師，那時候，她已經大學畢業好幾年了，她就住在我們現在住的那個房子，她看我一個人孤單，便叫我去跟她同住。那時候，芳妮和陳翠她們偶爾也到我們那邊住，這樣，大概半年而已，後來她因爲香港有高就，聽她說香港有個公司請她去當祕書，就離開我們了。我們本來都叫她周老師，她說這樣不親切，堅持要叫大姊，如此而已……」

她倆的關係在白里安的感覺上，恐怕不祇像李卻說得那麼單純，她們之間，一定有什麼祕密或不愉快的摩擦等等，否則，不會一提起周清紅，李卻便心神不寧，反正就要會見她，白里安對這次的約會，是存有期望的。

他們準備妥當下樓時是十時半，出了漆咸道，轉入金馬崙道，經過霓虹燈閃爍的酒樓和夜總會街，便到彌敦道，再過二、三個十字路口，左轉便是佐敦道了。

雖然已是夜間十一時，但佐敦道熱鬧得像白天一樣；快樂戲院在佐敦道的中段，它斜對面有一條街道很有名，就叫廟街，那是一段熱鬧的夜市，性質跟台北的華西街一樣，到了夜晚，從各處聚攏而來的賣成衣、唱片、飲食等各式各樣攤販把整條街占滿了，祇剩中央一條三、四尺寬的通道，卻是人擠人，本地人和觀光客都有。這些人無外乎對這條街充滿好奇和被這裡的廉價品所吸引。

白里安經過時便告訴李卻這條廟街的特色，如果不是跟周清紅約好十一時在快樂戲院門口會面，李卻眞想要去逛一逛看。

《艾曼妞》果然名不虛傳，雖然是舊片重映，但電影院門口仍然大排長龍，他們繞過一條人龍，李卻首先大叫起來，前面站在台階上的一個摩登女子，直朝他們揮手，那女子穿著一條白長褲，上身一件綠色圓領T恤，頭髮削得短短的，像早期流行一陣子的赫本式，臉蛋橢圓，嘴角有一顆硃砂痣，站在那裡顯得很豐滿和妖嬌。

那人就是周清紅嗎？白里安怔怔地，然後眼看她們兩個女人在那麼多人面前，緊緊地擁抱起來了。

擁抱過後，李卻把白里安介紹給周清紅互相認識，他倆握手的時候，周清紅用眼梢瞄了一下白里安，帶著很重的鼻音嗲聲地說：

「白先生，李卻她是個很乖的女孩，你要疼疼我們這個妹子哦！」

白里安祇覺她的手柔軟得像一團棉花，她的聲音甜得像能融掉堅冰，她嘴角的一顆美人痣，當她講話的時候，漾開美得像一朵出水的蓮荷。

「久仰了，周——小姐！」

他點頭微笑的說，語意曖昧，心裡不知在轉什麼念頭。

周清紅和李卻一直聊個沒完，電影要開映的時候還未盡興，後來，周清紅乾脆也買了票，一起進去看《艾曼妞》。

香港電影院有男服務生帶人找位置，座排不是像台灣的一二三四排，而是用ABCD，他們的位置在E排，位置不理想，但因為客滿，也祇好將就，進入座位時，周清紅先進去，李卻在中間，白里安在後面。

《艾曼妞》其實是一部色情電影，故事很刺激，寫一個巴黎女子，周遊各國，每到一個地方，便和人做愛，畫面雖然很美，但是仍然很煽情的。

這類電影，白里安和周清紅都看過，並沒有什麼稀奇，可是對於李卻，祇覺耳根一直熱起來，渾身不自在，坐在左右的周清紅和丈夫白里安，遇到精采鏡頭，還頻頻地轉頭看她，李卻想，幸好在黑暗裡，要不然臉龐一定紅得見不得人。當電影映到艾曼妞到曼谷和泰國拳手大搞特搞的時候，李卻已亢奮不止，這時候白里安伸手去握李卻顫抖的手，李卻無力地把頭靠在白里安的肩上，他順勢用右手要去抱她，卻發現李卻的另一隻手被周清紅緊緊地抓著，周清紅一對眼睛在黑暗裡像貓般的明亮和灼熱——正凝視著他。

電影散場後，已將近凌晨二時，周清紅提議說要去吃消夜，李卻說她不餓而回絕了，周清紅又邀請他們到她家裡去坐，她說離住處很近，就在佐敦道盡頭的海邊，李卻又以太晚辭退了。後來，他們約好明天中午，一起到彌敦道的地茂館吃午飯。

分手時，周清紅還是有點依依不捨，她說：

「小卻，好久沒有在一起了，應該長聊才對，如果晚上妳能住我那裡多好，我們可以聊到天亮。」

李卻或許因爲電影的激情關係，她的內心到現在尚不能平靜下來，聽她說又要住在一起，一種異樣的思緒和感覺，在她的心頭漫開。

她面有難色地說：

「我……」然後看著白里安。

白里安裝迷糊地，扮個手勢說：

「要讓我一個人過夜呀？」

「那當然不可能的啦，我祇是說著玩的……」周清紅自我解嘲地說。

他們回到伊麗莎白女皇套房時，已經二時，香港的夜生活好像這時候才安靜下來。漆咸道在樹影婆娑下，顯得很難得的寂靜，很久很久才有一輛街車馳過。前方遠處的新世界中心，原先閃耀的霓虹燈，也都關熄了。白天繁忙嘈雜的香港，已經逐漸安眠。

李卻站在窗口邊，看到窗外這分夜間景致，舒了一口氣，但是心頭仍然不能平靜，周清紅在腦海的影子，像面古老鏡子上的黑點，拭也拭不掉。

可是坐在床頭的白里安的內心卻充滿了狐疑，對於他的老婆李卻，除了她吃「白板」以外，現在又多了一層迷惑，看周清紅那種對李卻過分的關懷，尤其在電影院中，她爲什麼緊緊地抓住李卻的手，還有那種飢渴似的眼光……

「阿卻，我要問妳……」白里安冷冷地叫著，表情很嚴肅。「妳跟周清紅到底有什麼關係？」

李卻暗暗一驚，她知道如果讓他和周清紅見面，他遲早會發現到她與周清紅之間的祕密。但是她已下定決心，在任何情況下，她絕對不讓他知道。

「沒有啊，祇是以前住在一起而已。」李卻沒有回過頭，她仍然看著黑暗的窗外，幽遠而深邃的天幕上，有些細小的星子發著微弱的光。

「但是，關係不簡單吧？」

「什麼意思？」李卻有點惱怒地回過臉來瞪著白里安。

「我覺得妳跟她很曖昧……」

「白里安，你給我閉嘴，你是什麼意思？」李卻生氣地，語氣斬釘截鐵。

白里安從來沒有看過李卻那麼生氣，那麼凶，他祇好噤聲不語。可是，他的心裡是不服氣的。

氣氛弄得很僵，他們便不再講話，兩個人各自上床睡覺，白里安和衣躺在外側，李卻換好了睡衣，便往裡頭靠牆的位置爬上去，兩人此時的心緒各想各的，用「同床異夢」的成語來形容他們，再恰當不過了。

7 凌晨的探訪

白里安在床上翻來覆去，一直不能入眠，他的腦袋裡一再重現著周清紅的倩影，她的身段，她的聲音，她嘴唇輕啓的笑容，對了，她唇角的那一顆美人痣……

他偏過頭去看李卻，李卻已睡熟，於是他從床上坐起來，忽然決定，即使三更半夜的現在，他也要去拜訪周清紅，問個清楚，以釋心中的疑問。

他穿好鞋子，又在李卻的皮包裡拿出一本小記事簿，輕輕地打開門，溜了出去。

佐敦道和碼頭交接處，是汽車渡船碼頭。那裡的房子雖有一、二十層高，但房齡已老，「萬國旗」掛滿了面街的地方，在夜間裡看起來，那些飄揚的衣物，像古代黑色的旌旗。

白里安根據著小記事簿上的地址，在佐敦道街尾找到周清紅所住的房子，她在十八樓D座，白里安一點也不猶豫，即搭電梯直上。

電梯停在十八樓，門開了，白里安才發現電梯間的玄關很小，而且燈光幽暗，祇有一個大約五燭光的小燈泡掛在橫梁上。這幢大樓共分ABCD四戶，D座在電梯左邊，門上貼著一張小紙條，白里安仔細一看，原來那是從名片剪下來的英文名字 Catherine Jaw。

白里安首先有點困惑，凱莎琳‧趙，那不是周清紅的拼音啊，地址樓別戶座均沒錯啊，那大概就是周清紅的英文名字。哦，對了，原來粵語的周，唸起來像國語的趙啊。

而且凱莎琳‧周這個名字，還有……唉呀！白里安幾乎要失聲地叫起來，就是那顆美人痣啊，他想起來了，她不就是有一次從香港回去，在機上不小心壓到她的那個女子嗎？她還曾經給他名片呢！天下眞是太小了，凱莎琳‧周原來就是周清紅啊！

他揿了牆上的電鈴，因爲更深夜靜，裡面的鈴聲也清脆可聞。

白里安想周清紅諒必已入睡，正要按第二次鈴，裡面竟有人用廣東話問，聲音很不客氣。

「誰呀！」

「是我，我是白里安！」

裡面的人好像猶豫了一下，約五秒鐘，門就開了，周清紅面露喜色，身上穿著一件黑色絲質的短睡衣，短到臀部，可以看到花邊下面的三點式內褲。

兩個人都在門口怔住，看她穿得那麼少，白里安很尷尬，訕訕地說：

「對不起，這麼晚了，我有事想請教妳……妳還沒睡？」

周清紅探探頭，看他身後已沒有人，便奇怪地問：

「你一個人嗎？李卻呢？」

「她在睡覺……」

「你進來吧！」

白里安把門關好，穿過浴室邊的短短甬道，便到了客廳兼臥室。

這時候周清紅已披上一件絲質拖地睡袍，黑色而透明。在背光裡，顯得亭亭玉立。

「你隨便坐，我幫你沖一杯咖啡！」周清紅說著便指著地毯上的二張小沙發，就到牆角的流理台沖咖啡。

他在深陷的沙發上坐下，旁邊的茶几是黑色壓克力做的，上面有一只木頭的檯燈，燈罩淺綠，因而流瀉出來的光線很柔和。

「我還沒睡，正在看書……你找我有事嗎？撇下你太太，這麼急……」

她端來咖啡，放在茶几上，白里安可以聞到濃郁的香水味道，她彎下身子因沒穿內衣，兩隻乳房下垂得幾乎要讓睡衣承受不住，沉甸甸的。當然這樣的情況白里安祇能用眼梢偷偷地瞄了一下而已。然後，周清紅在地毯上坐下，伸直雙腳，背靠著床尾，離白里安約有二碼遠。

爲了在這種時刻來造訪她，爲了表示理直氣壯，白里安清清喉嚨，正經地說：

「我有兩件事請教妳，第一，妳記不記得我們曾經見過面，在哪種場合？」

周清紅看他那麼正襟危坐，而且又一本正經，她忍不住地笑起來。

「我當然記得，在快樂戲院裡我就想起來了，一年前吧，我在去日本的飛機上，有一個冒失鬼，他跌跌撞撞地壓在我身上……」

由於周清紅語氣俏皮，又是那麼隨和，三更半夜，孤女寡男的這種拘束感，使白里安放鬆不少，他也改變剛才生硬的語調說：

「我也想不到世界上竟然有這麼巧的事，這世界，簡直太小了，小得幾乎人與人之間隨時都會久別重逢和擦身而過。」

「是啊，可不是嗎！人的禍福歸於命運，人的感情，全靠緣分，這是我的宿命論！」

「妳認爲我們能再見面，是命中注定嗎？」

「可沒有這樣肯定；但是，你娶到我以前的學生兼室友，我想這是冥冥中注定的。」

白里安啜了一口咖啡，改變了一下坐姿，問著：

「另外一個問題，我是這次出國前才在無意中從別人——對了，妳一定認識芳妮和陳翠，我是從她們那兒聽到妳的，奇怪的是，小卻一直不喜歡談到妳，談到妳幾乎可以很明顯地看出她心理變化很大，她對妳有種錯綜複雜的情結，既敬畏又痛苦，每當我問她和妳的關係時，她均祗說是師生關係，室友而已，可是，做爲她的丈夫，我知道事情並不祗這樣單純，所以，我祗能求教於妳，希望妳據實告訴我……」白里安說到最後，變得有些期期艾艾，面露憂愁。

「我跟李卻的事，你沒有從芳妮、陳翠她們那兒聽到一些嗎？」

「沒有！」

「那，你想，你這樣直接跑來興師問罪似的，我會說嗎？」

「我冒昧地跑來問妳，是因爲我要解除我心中的一個結，這個結也是小卻心中的；我看妳也喜歡小卻，我想妳不會使我失望的。」

「我和小卻祇是師生，甚至姊妹的關係而已。」

「我不相信！」白里安突然很堅決地說。

周清紅慢慢地轉過頭來，用一種懶洋洋的眼神看他，在側光上流露一種慵懶之美。

「那我也沒辦法！」周清紅一副無所謂的表情，聲音冷冷地。

「我絕不相信，妳跟她一定有什麼祕密……」白里安激動地嚷著，站起了身子。

「白先生！你在暗示什麼？」

「我要求妳把心中的祕密告訴我，我請求妳……」白里安近乎哀求地說著，然後一步跨到周清紅的面前，在她的腳邊蹲下，搖撼著她的肩膀，喃喃地說：「這個祕密不揭穿，我和李卻都很痛苦，妳忍心讓我們這樣嗎？再說，我遲早會知道這個祕密的，回去我可以問陳翠，可以問芳妮……」

周清紅被抓住的肩膀有點痛，但她看白里安那麼焦急和無助的樣子，就覺得好玩，尤其他的面龐就在她的面前搖晃，他急促的呼吸，他細碎的口沫飛濺在她的臉上，使她的心旌有些激揚起來，周清紅反而不在乎他這種粗魯的動作了。

她平靜地說：

「那你回去問芳妮好了……」

白里安一把打斷周清紅的話，他聲嘶力竭地哀求她！

「不要，不要，我就是要妳現在告訴我……妳不說，我要……殺妳……」

周清紅從地上坐起來，挺高胸脯，挑戰地說：

「你要殺我？不要客氣呀，你殺吧！」

白里安眞的用雙手去掐她的脖子，但是未經使力，他自己便癱瘓下來，整個身體跌倒在她身上，周清紅一下子承受不了他的重量，身體被壓倒在床上。

「求妳告訴我吧，我衹要妳告訴我這麼一個祕密而已……」

到最後，白里安變成歇斯底里，像一個要不到糖果的小孩，撲在媽媽的懷裡撒嬌一樣，呢喃如斯。

周清紅可沒有把他當成小孩，一個那麼大的男人身體壓在身上，不衹感覺壓迫的重量，男女之間的一種激情酵素，也自然地在她的內心裡發作起來。

「白先生，你起來——」周清紅雖然嘴巴裡嚷著，但聲音卻有氣無力。

白里安起初是想從周清紅那裡套出她們之間應有的一件他所不知道的祕密，雖則從晚上開始也曾被周清紅的美色所誘惑，但她到底是李卻的老師。沒想演變到現在的情況是孤男寡女單獨一室，而且把她壓在床上，而彷彿，對方也沒有什麼拒絕似的。白里安暗忖著，立刻從肉體上升起一道慾念。剛才嘴裡說要殺死她，也不過是製造接觸她身體的一種機會，他表演得很逼眞——雖然有點兒反覆無常，然則，在男女之間的情感遊戲裡，自尊或矜持，常常因某種牽強的理由，或是藉口而輕易戳破。

白里安是過來人，周清紅也是過來人，他們均能深深體會個中三昧。

「告訴……我，我要妳……告訴我……」

白里安按捺住心中的激烈跳動，他一邊裝得語無倫次，一邊享受著周清紅渾圓而充滿彈性的刺激。

周清紅在底下推不動白里安，重量和七情六慾已經把她壓得喘不過氣來，虛僞的、淑女端莊的面目已逐漸不克自持，人類潛在的野性在群情環伺下，逐漸暴發出來。

「白——里——安——」她掙扎地，痛苦地，長長地喊出這一聲。

「告訴我……」

白里安一反無意識的橫陳，剛才像死人般壓在周清紅身上的身體，開始動作起來，他調整一下姿勢，胸膛對胸脯正面地壓下去，一雙手伸到頸子下去抱著她；他的臉埋在她的髮叢裡，在她的耳畔氣喘如牛。

耳鬢廝磨，肉體摩擦，使周清紅已忍不住，她強烈地反應起來，她反手抱他，然後自動地找尋他的嘴唇。

當兩片熱燙的嘴唇印在一起的時候，兩方屏息了呼吸，祇有野性的吸吮，呢呢喃喃……

白里安好像忘掉所有的語言，還是說：

「告訴我……」

周清紅慾火上升，性的飢渴已難熬到極點，她突然脫離他的狂吻，梨花帶雨地瞪著白里安，她狂野地、語氣帶著顫抖地說：

「好吧！好——吧！我要告訴你，我要告訴你跟李卻之間的祕密——你不知道，我實在太喜歡她了，那一年她剛來台北，清純脫俗像一朵荷花，她跟我住在一起的時候，我常常忍不住要去親她散發芬芳的肉體，我們每個晚上擁抱而眠，我們常常弄得激情萬狀——我不管我們的關係外界如何講法，同性戀也好，自瀆也好——反正，那是我生命中最甜蜜的時光，我想對李卻來說也是的——這樣快樂的日子維持有半年，直到陳翠她們闖進我們的生活圈……她們帶她去參加舞會，交男朋友，改變了李卻的觀念，使她認為與我在一起有犯罪的感覺。其實，陳翠把李卻帶壞了，如果跟我在一起，我絕對不准許她吃『紅中』、『白板』等迷幻藥……」

在亢奮中的白里安聽到周清紅這一段話，雖然有一點意外，但並不驚奇，實際上，在他的想像中，李卻與周清紅搞同性戀的成分，占了百分之五十以上，另外的五十，是包括或因吃藥，或因爭風吃醋的成分在內。

現在，白里安終於從她的口中證實了，尤其同性戀在台灣的社會中，仍是一種禁忌，一種公開出來就是汙穢和令人不齒的行爲。

於是，白里安從滿腦子盡想著的情慾中，跌回現實，他驚奇地叫了一聲：

「啊——妳！」

「是的，我一直愛護著李卻，雖然我從她那兒得到性的樂趣和滿足，可是我愛護她……我把她看成一枚早熟的蜜桃一樣，飽含水分，小心翼翼地不容別人去戳破她……」

「不容別人，祇給妳自己去戳破她？」

「不！你誤會了，我也非常非常地珍惜她，不幸的是，半途殺出陳翠她們……」

「我覺得妳不祇變態，也是一個極端自私的人。」

「那種愛是我眞摯的至愛，絕不是你所說的世俗眼中的變態，至於自私，我是要保護她呀！」

這時候，白里安從她的身上溜下來，躺在床上，兩人並排著，眼睛看著鋪滿鏡片的天花板反射的自己。他們繼續爭論下去。

「胡說八道！什麼叫至愛？妳已經深深地傷害到李卻，妳知道不知道？就是妳在她那麼單純和天眞的年齡裡，給她這種骯髒的性，所以李卻現在對性生活，不祇認爲汙穢，而且認爲是一種犯罪的行爲。」

周清紅撐起半邊身子，側著臉看他，很覺意外的問白里安：

「眞的？」

「當然眞的，包括我在內，我也是個受害者，我漸漸覺得，當初李卻爲什麼跟我結婚，如果祇因爲男女之間的性，我覺得很懷疑，結婚以後，她根本很少跟我做愛，每次都是我求著她，然後做到一半，她就哭泣了，搞得我對性也索然無味……」

「怎麼會那麼嚴重？那極可能她有什麼心理障礙，你應該帶她去看看醫生！」

「看醫生？她死也不承認她有病，現在的她，除了吃迷幻藥，她像一具行屍走肉！」

白里安愈說愈憤慨，他本來也要說出前些天在檳城，她在他家人面前因吃藥，而丟人現醜的糗事。

周清紅憂心地說：

「她吃藥眞的吃得那麼厲害嗎？」

「說給妳聽妳或許不相信，『紅中』和『白板』這兩種藥在台灣不祇在西藥店買得到，甚至在街角都有人定時在供應，因此我要禁絕她不吃藥根本不可能。她吃藥，在我家裡是有執照的，床頭櫃裡，就擺滿了這些藥，不給她吃，爭吵打罵已沒有用，我想她自己也知道吃藥不對，但她是戒不掉——」白里安在口沫橫飛裡就突然停下來，轉頭去看她，煞有介事地問她：

「妳知道嗎？」

周清紅回對他的眼光，露出一臉的同情。

「知道什麼？」

「她已經無藥可醫了，最近幾個月來，每次做愛以前，她都非吃『白板』不可，我問她爲什麼，她說這樣才有一點味道，才能心理平衡……」

「哦！老天！」周清紅叫道。

「哦！老天！」白里安以驚嘆號跟著叫了一聲，然後伸隻手去攬腰抱住周清紅，說：「老天！這些毛病都是妳們所賜與的，首先妳給她不正常的性生活，後來，陳翠和芳妮又引誘她去吃迷幻藥，都是妳們害她的。」

「我可沒有害她，我不相信她的鄙棄性是我影響她的……」周清紅認眞地說，眼睛中浮著一層清澈，顯得水汪汪的。

她繼續說道：

「你看我，我在台灣時那麼喜歡女性，但並沒有改變我的性觀念，我來香港不久就結婚了。現在，我更強烈地喜愛有個性的男人，更想和男人做愛，就像你，長得還不錯，而且你又是李卻的男人，所以，晚上在快樂戲院門口第一眼看到你，就想到要是和你搞一搞多好……」

「等一等！」白里安一股兒從床上坐起來，打斷周清紅的話。

周清紅正在煽情之際，突然被白里安打斷，顯得很困惑。

「什麼事啊？」她問。

「妳說妳已結婚了是不是？」

「是呀！」

「那麼妳先生呢？」

「唉呀！」她噗哧一聲地笑起來。「看你那麼緊張的，真是——他啊，他在電影公司上班，常常熬夜通宵不回家，尤其最近，他到離島長洲出外景去了，三、兩天內還不會回來的，你緊張什麼？」

「我當然緊張，半夜裡躺在人家太太的床上……」白里安手撫胸口說。

周清紅笑呵呵地調侃他：

「我都不怕了，你男人反而怕什麼？來吧！躺下來！讓我證明給你看，我跟李卻的愛不曾影響到我對男人的興趣，反而更強烈……」

周清紅說著說著，慢慢解開睡袍的前襟，露出兩隻渾圓又紅潤的乳房，白里安看得發傻，他覺得在他的一生當中，從沒有看過這麼漂亮和誘人的乳房。他的心旌立即搖蕩起來。這時候，周清紅攬腰抱緊他，於是，白里安再度把身體壓到她軟綿綿的身上。

「來，吃我……」周清紅瞇著眼睛說。

白里安衹覺熱血直往腦門沖，一陣一陣的暈眩和刺激，像波浪般地來來去去，當他把火熱的臉頰埋入她溫柔的胸部，好像從眼梢，看到床頭櫃上，裝在壓克力相框裡一張男人的照片，模模糊糊地在瞪視著他。

白里安回到伊麗莎白女皇套房時，已經早晨七點多鐘，李卻已經醒來，她正站在窗口對著外面的天空發呆。

他有點緊張，但仍壓低嗓門問她：

「妳起來多久了？」

「沒好久，你到哪裡去了？」

「哦，我到漆咸道去跑跑，吸吸新鮮空氣。」

李卻一點懷疑都沒有，她也沒有回過頭來，祇是怔忡地看著外面，從她的視線望去，如果她接觸的不是天空，就是對面的太平山頂。

「我好喜歡從這裡看太平山頂，好多的白色房子，很寧靜，好像從台北的盆地，看陽明山的公墓一樣，如果將來我死掉，葬在太平山上多好，有山有水，還有在維多利亞海峽穿梭不停的大輪船……」

李卻喃喃地，像是自言自語。

白里安祇看到她瘦弱的背影，李卻臉部的表情一點也看不到，但是他感覺她聲若游絲，白里安突然覺得一陣心痛。

東南亞之行，並沒有帶給白里安和李卻生活上多大的變動；在台北後火車站的窩裡，李卻仍然沉溺於藥物，藥力發作或是對藥需渴的時候，其惡形惡狀比以前有過之而無不及！白里安呢，他依然浪跡海外跑單幫，韓國、香港跑跑，在國外待的日子反而比國內多；通常一個月的時間，出外二次約二十天，剩下十天的時間留在家裡。白里安在家跟李卻在一起的時候，不是她爛醉如泥，昏迷不醒，便是兩個人沉默以對，他們變得無話可談，變得陌生，像極了一對啞巴夫婦。

直到香港回來半年後的某一天……

8 兩只仿水晶的茶杯

當傳出腐臭的閣樓被一個廣告公司的青年和房東發現了女屍後，那青年在房東的催促下打電話報警，首先來了二位管區警察封鎖了現場。半小時後分局刑事組的人馬也來了，整幢古舊的樓房便沸騰起來，雖然警察在死者的頂樓做了封鎖，但是四樓以下的人，聚集在一起議論紛紛。

刑事組來了一個組長和組員，組長很年輕，四十出頭，姓李，穿著一件套頭運動衫和卡其布褲，像中學裡的體育老師。組員反而年紀大，彪形大漢型，而且穿著青年裝，一眼給人的感覺就是政府的安全人員，在局裡同事都叫他老唐。

兩個人上到頂樓後，李組長面不改色，老唐卻氣喘如牛；房東和青年站在木屋外的陽台上，在暮色裡兩個人有點緊張。

一碰面，李組長板著臉嚴肅地問：

「死者呢？就在這房間裡嗎？」

兩個人同時點點頭。

「誰先發現的？」

「他先聞到臭味，我們找上來，門從裡面鎖著，我們兩個合力撞開門，同時發現的！」老人哆嗦著說。

「你是誰？」

「我……我是房東。」

「叫什麼名字？」

「黃期正……」

「你呢？」他轉頭問那青年。

「我叫張土木，是四樓的房客。」

李組長的口氣很不客氣，好像把他們當犯人問話似的，眼光嚴峻地巡視他們一遍，然後對他的夥伴說：

「來吧，我們進去！」

李組長套上白手套，輕輕地推開虛掩的門，屋裡面的日光燈光線把凌亂的床鋪照得亮晃晃的，躺在床上的屍體被棉被遮了三分之二，祇露出頭部，眼睛是閉著的，半邊臉頰已有些腐爛，惡臭在屋內瀰漫。

他們用手摀住嘴巴看了一會兒，什麼都沒動便退了出來。

「是命案！老唐，你去打電話給檢察處，請檢察官和法醫來。」李組長說完，深深地吐了一口氣。

老唐便下樓去打電話。

這時候白日已盡，夜色已籠罩著整個大台北。火車站對面的希爾頓大飯店紅色霓虹管的招牌已亮了起來。他們三個人站在陽台上，心情各異；房東因爲自己房子發生命案，氣色很差，年輕人可能是第一次看到屍體，一直很惡心想嘔吐，他另外還擔心在西門町等著他一起看電影的女朋友，所以臉色蒼白，顯得很煩躁。

李組長從口袋掏出一包菸，點了一根就自個兒地吸起來，無視於站在他面前的兩個發現者。他猛吸著香菸，火頭在黑暗裡冒著星火。

「死者是誰呢？」李組長忽然問道。

「她叫李卻！」房東答。

「一個人住嗎？」

「哦，不！她已經結婚了，先生是馬來西亞的華僑，跑單幫的，香港、韓國來來去去，一個月有十五天不在台灣！」

「她先生呢？叫什麼名字？」

「姓白，正確名字不太曉得，他現在可能在香港，已經五、六天沒看見他了。」

三個人沉默了一會兒，李組長丟掉菸蒂，自言自語似地問道：

「是自殺嗎？」

老少二人面面相覷，沒有回答他。

「凶殺嗎？」他又問。

房東急了起來，他替誰申辯地說：

「凶殺案，不會吧！這個女孩子好像沒有什麼朋友來往，她祇是有時候會……」

「會怎樣？」

「她有吃紅中、白板的習慣。」

「哦！」

「會不會過量致死？」

吃迷幻藥過量因心臟麻痺而死，報紙上屢有所聞，身爲刑事警察的李組長，也曾辦過這種案子，可是這種結果要驗屍後才能確定。

所以他們便在那兒，靜等檢察官和法醫的來臨。這中間，年輕房客說他約有女朋友在西門町，他要先離開，可是李組長不同意，他是第一個發現命案的人，要向檢察官報告以後再說。

或許由於適逢下班交通尖峰時間，他們等了一個多鐘頭，檢察官才帶著法醫姍姍來到。

檢察官和法醫年紀相仿，都在五十歲左右，法醫穿著白色衣袍的醫生服，手提一個黑色箱子，跟在檢察官後面上樓來。

李組長與他們認識，他們點頭招呼後，便向檢察官報告大概，然後便引他們進入屋內。

檢察官觀察了室內所有擺設，梳粧檯上的雜物，地上零亂的東西以及死者陳屍的位置，都仔細地掃瞄一遍。然後他用一隻手摀住嘴巴，另一隻手用力把棉被掀開，屍體在他們眼前一亮，女屍穿著一件粉紅色透明睡衣，下襬掀到腰際，下體沒有穿內褲，陰部流出一灘血水。

檢察官向已戴上口罩的法醫使個眼色，他便跨前一步，用戴著乳膠手套的手指，按按死者的大腿，求其彈性，然後，掀起她的睡衣，又翻轉她的身體，對頸子部分看得特別仔細，但是身體全無外傷。

「你看死多久了？」

「有點快要腐爛了，是因爲天氣熱的關係，她又蓋被又是頂樓，大概三、四天吧，要解剖才能確定！」

屋內實在太燠熱和臭味熏人，所以他們退到房外的陽台，檢察官便問著李組長：

「組長，你有什麼發現沒有？」

「哦，是這樣的，這兩位是首先聞到臭味發現現場的人，他是房東，另外一位是四樓的房客，我剛看過現場的感覺是，好像不是凶殺案。像剛才房東提供資料說，這個女人已婚，先生是跑單幫的華僑，常常不在家，太太有吃紅中、白板的嗜好……所以我以爲會不會服食過量而致死……」

「這不能言之過早，等驗屍以後才知道。」

「是，是。」

「這樣好了，李組長，你跟你的組員開始動手，一切照刑事法規處理，打個電話叫輛救護車來，我們要解剖屍體。現在你要特別注意異狀和異物、指紋等等。好了，我們先走，你看有什麼發現隨時跟我報告。等一下救護車來，你把屍體送到刑警大隊。」

檢察官走後，李組長帶著老唐開始在屋內做搜查工作，所有在不規則地方的零亂物件，以及在床頭櫃的抽屜裡，發現了六片白色藥丸，李組長一眼就認出那就是白板，均收集起來，後來他們又在梳粧檯上找到一本紅色小記事簿，裡邊有許多姓名、地址和電話。

李組長叫房東撥長途電話到香港，找尋死者的丈夫。

房東從記事簿裡看了號碼，打了兩通電話，才找到白里安。

電話接通的時候，李組長接過電話。

「喂！你是白里安嗎？我是台北的刑事組，我現在就在你家裡，你太太死了。」

對方好像嚇了一大跳，咳嗽了一聲，然後尖著聲音叫起來。

「你是誰呀？你說什麼呀？我太太死了，爲什麼呢？」

「她死了三、四天了，你幾時到香港的？」

「我來一個星期了。」

「一個星期是幾天？」

對方停了一下，然後傳過來說：

「七天！」

「晚上如果有班機，你馬上回來！」

「是，是，但是怎麼會死呢？」他仍然不相信他太太已經死去。

「你要馬上回來，馬上到我們局裡來報到。」李組長後來大聲地命令他說。

白里安並沒有在當天晚上趕回台灣，第二天中午他才在分局刑事組出現。這個苦主在辦公室裡引起了一陣騷動，李組長把他接到小房間裡。給他倒了杯水，叫他先坐下來再說。

可是白里安不能安靜，他紅著的眼眶有點浮腫，不是失眠便是已經哭過，年輕的他下顎長滿了鬍腳，一副傷心欲絕的模樣。他直嚷著說：

「我太太呢？我要看我太太……」

「你太太的屍體在刑大，我們要你簽個名同意，下午法醫要解剖。」

「啊，不！爲什麼要解剖……」

「因爲死因未明……」

「不，我不准別人動她，人都死了，要她死後也不得安寧嗎？」

「那是檢察官的意見，希望你能諒解，而且你太太不明不白地死掉，要查清楚才不會含冤不明啊！」

「可能是謀殺嗎？」白里安忽然冷靜下來，出其不意地問了一句。

「就是死因不明，現在各種情況都可能，他殺、自殺，或什麼都有可能，好了，我們簡單做個筆錄，然後帶你到刑大去看你太太的屍體。」

於是，李組長從白里安的姓名問起，然後他的履歷，他在馬來西亞檳榔嶼的家，他與李卻結婚的經過，他現在的工作情況。白里安鉅細無遺、毫無保留地全部告訴李組長。

李組長忽然打岔地問他：

「我看你應該打個電話給你岳父母他們，雖然他們不贊同你們的婚姻，也已聲明脫離父女關係，但是，人都死了……」

白里安起初有些猶豫，但後來還是打了，可想而知，對方接電話的是他的岳母，他一告訴她說李卻死了，那邊一句話也沒說，便呼天搶地起來了。白里安受了岳母的感染，他也不自禁的流下一行眼淚。

「我要去看我太太……」白里安沙啞地說。

「她在刑大解剖室，我向檢察官報告一下，就帶你去！」

李組長收拾好桌上的東西，打個電話給地檢處，又向同事說明他要帶白里安到刑大去，便坐上局裡的偵防車，直馳寧夏路的刑大隊部去。

大解剖室在樓下的角落，經過通報後，李組長便帶白里安走過一條長長的走廊，然後在一扇漆著灰色的厚重木門前停住。那門上寫著「解剖室」三個正楷字。

「就是這裡！」

有一個穿中山裝的人看看他們的手續單，便打開門，一股帶著潮濕的藥水味從門縫直撲出來。

白里安此刻心跳幾乎要停止了，他不知是悲傷還是麻木，低著頭跟著他們走進去。

解剖室內空蕩蕩的，牆壁貼著白瓷磚，雖然有日光燈的照射，但由於冷氣很強，仍顯得很陰森。

一張解剖床放在室內的中央，床上就躺著李卻，她上面從頭到腳蓋著一張白床單，床單下面的人體，輪廓看來顯得很瘦小。

李組長和老唐站在旁邊，白里安走到解剖床前，他用顫抖的手掀開被單。

李卻很平和地躺著，她全身赤裸，膚色已逐漸變黑，有些部分已些許的糜爛，經過藥水洗過，所以還算乾淨。

白里安全身地把她看一遍，直到臉部，他的目光便停留在那兒，李卻如果不是臉上瘀血變黑，看她那麼安詳，簡直是睡著了一樣。

他想著她已永遠離他而去，不禁悲從中來，他聳動著肩膀，終於痛哭失聲。

李組長讓他哭了一會兒，便告訴他，下午檢察官連同法醫要來驗屍，現在請他一同到現場去求證一下，等到三時再來刑大就可以。

他哭著離開刑大，回到後火車站的窩時，鄰居好多人對他議論紛紛，有的同情他，有的指責他不應該從事跑單幫生意，要不然便不會太太死了三天才發現；議論最多的一點，便是在猜測他太太是如何死的；有的說是迷幻藥吃多了吃死的，有的人說可能是因情姦殺的，雖沒有人指出因何情、因何人而死，可是說的人暗暗地指著，像房東這種老不修的人，也有可能。這因爲房東老是趁著李卻吃白板、紅中發作的時候，常常上樓去糾纏她，有人看過。

可是白里安一上樓，房東便從後面趕來，氣虎虎地怒責他，不應該讓他的太太死在他的房屋裡，這下看誰敢再來租他的房子。

白里安一句話也不說地由他指罵，他逕自爬上陽台上的小木屋。李組長用他的鑰匙開了門，屋內跟一個星期前出國時沒有兩樣，床褥有點凌亂，但那是李卻在時也是一樣的，衹是從今以後，再也不能在這屋內看到李卻了。

他觸景傷情，但欲哭無淚。李組長要他檢查一下，看或有什麼異樣和錢財損失。白里安打開衣櫃看看，又從五斗櫃的抽屜裡，拿出二個錢包，鈔票也未失落。他又下意識地開了床頭櫃的抽屜，裡面的東西也未動過，可是在抽屜前段平時放了許多藥片，現在一片也不剩了。

李組長問他有沒有遺失什麼？他才發現放在梳粧檯上的茶盤，他們僅有的兩個玻璃杯不見了。

「奇怪！兩個茶杯不見了！」

「還有呢？」

白里安再把室內瀏覽一遍，沮喪地說：

「大概沒有了。」

李組長走後，白里安在恍惚中睡著了，且一直在若醒若睡中作著噩夢——李卻有時候吐著舌頭吊在梁上，有時候血淋淋地搖擺地朝白里安走來，並且叫著他的名字，嚇得他出了滿身的冷汗。

迷惘中，嘈雜的腳步聲和哭嚎聲從樓下傳來，在他尚未弄清楚怎麼回事之前，門重重地被推開了，他一驚，從床上坐起來。

「哎唷啊！你這個……」進門來的老婦人就是李卻的母親，她剛叫出了一聲，喉間就被一口痰似的東西哽住了，她泣不成聲。

站在老婦人旁邊的一個男人，是李卻的哥哥，他像凶神似的，文風不動，用冷得像冰塊的聲音問道：

「我的妹妹呢？」

白里安幾乎不敢擡頭看他，他小聲地說：

「在警察局裡。」

「她怎樣死的呢？」

「我到香港做生意，到昨天大約一個星期，忽然接到台灣的電話說阿卻死了……」白里安哭起來。

「怎麼死的呢？」

「還不知道，不知是吃藥過量或什麼，下午法醫要解剖。」

「啊——眞可惡呀，你害死了我的妹妹，我要打死你……」李卻的哥哥李勇像忽然瘋起來一般，他厲聲地大叫著，縱身朝白里安撲去，拳頭像雨點般地落在他的身上，直到把白里安打昏過去。

9 諾米諾斯和瑪琳

法醫在下午二點準時進入解剖室，對屍體做全身的檢查，沒有看到明顯的外傷，於是法醫用手扳開死者緊閉的嘴巴，一股臭味立刻噴出來，他特別注意口腔內部，在她寬厚的舌頭上，刮下一層白色的唾液，收入小玻璃瓶裡。然後他的目標轉移到死者的下體，他用一支不鏽鋼製的細細長長像湯匙的鐵器，伸進陰道內搜刮，把黏液又收集起來。最後的工作是拿起鋒利的解剖刀，切開了李卻的肚子，把她的腸胃全部拿出來搬弄，又用化學藥劑和儀器化驗，在胃液中找到殘剩的生力麵渣，除此之外，經過比對分析，還找到兩種西藥的成分，一種是濃稠的諾米諾斯，一種是瑪琳，諾米諾斯是現在盛行的一種鎮靜劑，就是俗稱的「白板」，瑪琳就是安眠劑。

第二天，法醫已確定死因，那是食用過量的瑪琳，導致心臟麻痹、呼吸衰竭而死，死亡已經四天。法醫向檢察官報告，檢察官同李組長研究案情，下午三點鐘，檢察官會同法醫、李組長，在刑大簡報室召開了臨時偵查庭，參加的除了被打得奄奄一息的白里安、他的房東和青年房客張土木、李勇和他母親外，還有李卻投保五百萬元的保險公司的一個代表。

檢察官首先制止了李卻母親的哭嚎與喊冤後，大家圍著一張長桌子坐下來。檢察官坐在上桌，環視大家一遍，然後打開桌上的錄音機，對苦主白里安發問：

「你就叫白里安嗎？死者是你的太太？」

「是。」白里安鼻青臉腫，他低聲地答。

「被誰打成這種樣子呢？」

「……」

白里安未及答話，坐在他對面的李勇，又掄起拳頭要揍白里安，並且大罵著：

「我要打死他啦，我妹妹是他害死的……」

檢察官聲色俱厲地命令著：

「放肆！你坐下！」

李勇乖乖地坐下，並忍著淚水不要讓它從眼眶裡溢出。

「你爲什麼說你妹夫害死你妹妹呢？亂說話是要負刑責的，你知道嗎？」

「他誘拐我的妹妹，一滿二十歲就帶她去公證結婚了，爲了此，我爸爸氣得在報紙上聲明脫離父女關係，而且，還教她吃迷幻藥……」

白里安困難地揮著手打斷李勇的話：

「我……是愛她才跟她結婚的，我也想正正當當地提親，但是我太太說她家人絕對不會同意，所以才去公證結婚的……至於她吃藥的事，我認識她以前，就已經染上了。」

「他……他……」

李勇搶著要說，被檢察官阻止。

「這裡由我指揮，不能吵，我問誰，誰才答話。」檢察官頓了一頓，又掃視了一下眾人，然後目光停在苦主白里安的身上。

「死者的死因已經驗出，在我尚未宣布死因以前，我想聽聽在場各位的意見。現在，我想先聽聽苦主的，你對於你太太的死亡，有什麼要特別提供給我們的；譬如說，她會不會自殺？」

「絕對不會！」白里安的眼光忽然亮起來。「她從來不厭世，也沒有自殺的理由……」

「他殺呢？」

白里安一時不明瞭檢察官的意思，他想了一會兒，才說：

「他殺？」

「他殺就是不是自殺，也不是意外死亡，而是第三者有計畫的謀殺。所謂第三者，就是除了本人以外，其他的人都是第三者。」檢察官解釋了這個淺顯的法律觀點，故意賣個關子，然後又對白里安說：

「當然，你也是第三者！」

白里安發覺檢察官話中有話，弦外之音的意味很重，急忙申辯著：

「是呀！我是第三者，但是我不會去殺害我的妻子吧？何況，我這個星期人都在香港呢！我有警備總部的出入境證明。」

檢察官姓羅，雖然瘦瘦的，四十幾歲的年紀，但他一進來給他們的印象是臉皮繃得緊緊的，很嚴肅的人。現在他聽了白里安著急的話，突然莞爾地笑了起來說：

「白先生，我可沒有說過你殺了你太太，對吧？」

「……」白里安因而無話以對。

「倒是我要請你想想，你太太生前有沒有什麼異性朋友，就是一般所說的外遇啦，或是有人對你太太覬覦，你想想看，在你身邊的人。」

李卻除了耽迷於吃紅中、白板外，他實在想不出──啊，對了！提到紅中、白板，他就想起有幾次在她藥性發作、衣衫不整的時候，他們的房東老是在他的屋子裡跟李卻窮磨。一個暗喻突然在他的腦子裡閃過，於是，他抬眼看著坐在他對面的房東，房東剛好也在瞧他，目光與他一接觸，立即避開了，並且顯得很倉皇。

「我是不曾發現我太太有男友或外遇，我相信她不會，不過──」白里安不過以後就停下來，眼光凝視著房東，在座的人都屏息地等待他的下一句。白里安緩緩地說：「不過，我們的房東在我不在台灣的時候，在我太太吃藥發作的時候，常常跑到我們的房間裡，胡說八道，還給她酒喝……」

房東嚇得臉色蒼白，在那兒急得蠢蠢欲動，檢察官用一個停在半空中的手勢阻止他插嘴。

「還有呢？」檢察官問。

白里安感到檢察官很重視這條線索，他便把以前所得的印象和對房東的不滿，如數家珍地道出來：

「我太太常跟我說，房東在我出國的時候，老是上來陽台沒事找事，有機會就進入房間，不管我太太有沒有穿衣服，有一次我就曾碰過，他在我房間裡，把我太太灌得醉醺醺地……我曾經罵過他！」

「胡說，胡說，你不能陷害我呀——」房東忍不住站起來大聲力斥，這次檢察官沒有阻擋他。「誰都知道他太太吃迷幻藥吃得很厲害，好像酒鬼一樣，三天兩頭都要醉一次，你要知道，我到你太太房間，都是你太太叫我去的，她甚至……」

「甚至什麼？」檢察官追問。

「甚至……甚至叫我去幫她買酒！」

檢察官在想房東講到「甚至」的時候停頓下來，是爲了什麼？是考慮有什麼不能講呢？後來追問才說的去買酒已不是他原來想說的話。

「你叫什麼名字？」檢察官忽然這樣冷冷地問，使大家都感意外，房東更是一怔。

「我問你叫什麼名字？」

「黃期正！」房東哭喪著臉說。

「黃期正，」檢察官凜然地叫著：「你現在到化驗室，你跟法醫去驗血，按指模。」

黃期正一聽要驗血，嚇得直發抖，不肯走動，檢察官叫進來一位刑警，把黃期正架走。

室內起了一陣騷動，大家面面相覷，想不到房東黃期正，會要帶出去驗血，而且他怕成那樣，莫非心裡眞是有鬼，而檢察官不苟言笑的問案，好像胸有成竹。

白里安也有點意外，他本來以爲他太太是食用過量白板而喪命的，難道黃期正謀殺他太太嗎？

「報告檢察官！」

坐在最角落的一個三十歲左右的年輕人，隨著話聲站了起來，恭恭敬敬地朝檢察官行個禮，接著說：

「我叫楊吉欣，是保險公司的代表，我有個建議，請檢察官裁奪，死者是本公司的保險人，她在半年前出國時曾投保五百萬的人壽險，到現在，繳納款還不到五萬元，有兩種假定，如果她不是自殺，不是她先生謀財害命，本公司就要理賠五百萬元，我要特別強調，保險的受益人是死者的丈夫白里安先生！」

楊吉欣很有分寸地講完這段話，很有禮貌地又向檢察官深深地鞠躬。

「這個我知道，我會各種因素都考慮！」

白里安這時按捺不住，他站起來說道：

「我不會為五百萬殺我的太太，我之所以投保五百萬，是因為要出國，怕飛機出事。再說，我太太死亡時，我還在香港！」

「你這個短命鬼呀，原來你還保險五百萬呢，我女兒一定是你謀殺的，還我女兒來……」白里安的岳母又嚎啕地叫嚷著。

「媽媽，我不會……」白里安叫著。

「誰是你媽媽，狼心狗肺的小人！」他岳母凶巴巴地打斷他的話，罵道。

「你把我家害成了這個樣子，又害死了我妹妹，我要報仇……」李勇跟在媽媽的後面恐嚇著。

「住口！你在我的面前恐嚇人，我可以馬上辦你的，你知道嗎？」檢察官對李勇斥責著，隨後看了大家一眼，「現在大家不要講話，我請李組長報告一下經辦此案的經過，請苦主和各位關係人注意聽。」

李組長從開頭就一直沉默著，他低頭在桌上記錄著剛才各人所說的話，現在檢察官指定他報告案情實在有點意外，他坐直身子，看看卷宗，手上不停地玩弄一枝原子筆。於是，他清清喉嚨說道：

「十二號那天下午五點鐘，管區派出所打電話來報告發生命案，我便帶一個組員前往現場，到時黃昏時分，死者已發出臭味，現場並不凌亂，當時我們就打電話請檢察官來。檢察官到後，我們開始處理現場，收集了一些指紋和散落的東西，其中有一顆安眠藥掉在地上，被我們找到。」

李組長說到這裡，停下來喝一口水，用眼光朝檢察官請示了一下。檢察官點點頭，他便又繼續說下去。

「死者有吃紅中、白板的習慣，在分局也有拘留紀錄，本來以爲是服食迷幻藥過量而致死，但是，經昨天驗屍結果，死者有被謀殺的嫌疑！」

「謀殺」這一句話簡直石破天驚，在座的各個關係人均被嚇了一跳。白里安更是吃驚，表情雖沒有什麼顯著的變化，但他楞住了，太太被謀殺，誰呢？兇手會是誰呢？

李組長這戲劇性的停頓，好像把大家吊在半空中，虛懸不下；在座的人都以焦盼的心情，欲知下文。

「有兩個證據，顯示她是被謀殺的！」李組長賣足了關子，繼續說：「第一，她死前曾發生過性關係，我們已驗出男性的精液，他是屬於A型血型的人。第二，她致死的原因，不是因吃多白板或紅中，而是服食過量的安眠藥。我想我必須要說明一下，白板的西藥成分是諾米諾斯，而安眠藥呢，則是瑪琳！」

白里安從驚詫中亮起眼光，他既驚訝又甚悲痛，他沒想到他太太會跟別的男人發生關係，那麼那男人又是誰呢？是不是與兇手同一人？

但是他嘴巴還是強硬地說著：

「我不相信啊，我不相信我太太會做對不起我的事……要不然，那一定是強姦！」

「我們認爲不是強姦，因爲如果是強姦的話，一定有反抗的跡象，死者並無這方面的反應。」李組長確切地說。

「但倘若她是被拿著刀子的人威脅她的生命，在不能抗拒之下忍辱求生而苟合，那也是強姦呀！」白里安爲著自己的面子，跟李組長爭辯著。

「你所說的那種使人不能抗拒的行爲，是強姦沒有錯，但是，經過我們的判斷，情況並不是這樣的，理由有二：其一，你和死者所住的地方，從三樓以上，均是以木板隔間出租的房間，對象不是學生就是公司的小職員，這樣的居住環境，構不成讓竊盜闖空門和推銷員登門拜訪的條件，所以外來的因素，譬如臨時起意劫財劫色的動機很薄弱，這從現場不凌亂、門窗未破壞、錢財未損失可資證明。其二，跟死者發生關係的人，是死者認識，並且可能是很熟的人，我們大膽假設，你太太曾經跟凶手對飲過，然後，再與她通姦，辦完事後，又給她吃藥，因此她的口腔裡舌頭上殘留許多尚未溶解掉的安眠藥瑪琳……這些瑪琳，據化驗結果，成分很重，包括在胃腸裡，至少有十來顆，而她吃這些藥片，從跡象研判，並沒有強迫的痕跡，頂多在迷幻之中吃下的。」

像一個斷然的句點，李組長鏘然地說完，用眼光透視著白里安，冷冷地問道：

「你太太生前有吃安眠藥的習慣嗎？」

「沒有，她幾乎以白板代替了安眠藥，我從沒有看過她買過或吃過安眠藥！」

李組長興奮地拍一下手，得意地說：

「跟我的判斷一樣，安眠藥是凶手買的，也是凶手給她吃的，他知道死者吃迷幻藥吃得厲害，而且也知道迷幻藥中的白板，跟某種安眠藥的形狀和顏色一樣，所以如果當死者吃迷幻藥到了騰雲駕霧的時候，把安眠藥當白板，再給她來個十顆，她也會迷迷糊糊吃下去的。所以，我們在想，誰有這種機會呢？」

「是誰？」白里安禁不住地問。

「昨天我帶你到現場的時候，我曾經問你家裡丟了什麼東西沒有，當時你說祇不見兩只玻璃杯，是不是？」

「是。」

「我們從昨天就開始找這兩個茶杯，因爲這兩個茶杯跟凶手消滅證據有很大的關聯，我們很擔心凶手把茶杯摔破了，丟到附近的牆角暗處，可是，出乎意外的，今天中午，我們的辦案人員在四樓張土木的床下找到了——」

這又是個峰迴路轉，大家又是一陣驚愕，奇怪的是，祇有張土木坐在那兒像個木頭，有點訕訕然。

李組長彎下身，從椅子下提起一個方形皮包，打開蓋子，戴起手套拿出二個仿水晶玻璃做的水藍色杯子，由於樣式特別、精緻，一看就知道是舶來品。

「你們看！就是這兩個杯子啦！」

白里安看著擺在眼前的兩只玻璃杯，不錯，就是他從香港買回來的杯子，本來一組有四只，但已摔破剩下兩只了。可是，爲什麼會跑到了張土木的床下呢？

「是你的杯子沒錯吧？」李組長問他。

「是的。」白里安答，但他很困惑。「爲什麼杯子會跑到他那裡呢？」

「杯子不是『跑』到張土木那兒的，是有人拿去的。中午我們找到杯子，馬上派人去找張土木，張土木根本就不承認有杯子這回事！後來，我們從杯子上取下五、六枚指紋，查驗結果，竟然，沒有他一枚指紋，是另外兩個人的。一個是死者的，一個是誰呢？」

在座的每個人表情都很驚詫，但是各懷心思。李組長說「一個是誰呢」的時候語氣停下來，他的暗示好像另一個指紋就是凶手了，因此大家引頸以待。

「另外一個──就是房東黃期正的，大家很意外吧！」

「……」大家面面相覷，不發一言。

「其實，對我們來說，那一點也不意外，既然張士木的床下被擺放死者的杯子，有鑰匙能進房去的，會是誰呢？那當然不能百分之百確定是誰，房東總是最大的嫌疑吧？我們立刻找黃期正，他堅決不承認，剛剛我們經過比對，果然是他的。現在祇等他去驗DNA出來，如此他的精液與死者體內的吻合，那麼，這個案子已可說破了。」

李組長得意洋洋地告一段落，大家都喘了一口氣，不滿意的是白里安，他狠狠地說：

「如果眞的是這個老不修強姦又害死我太太，我一定不饒他。」

李卻的母親和哥哥，聽說殺她女兒的不是白里安，心情反而舒坦了一些。不過露於表情的仍然是憤憤不平。

張士木像驚弓之鳥，他還是僵硬著的臉色蒼白，不能坦然。

檢察官冷落在一邊已經很久，他很滿意李組長的敘述，雖然太過肯定，但重點把握得很好，他在等待房東黃期正的化驗時間，目光很悠游，他像要看透每個人似的，在每個人的身上掃來瞄去。

而在大家都鬆弛下來的時候，衹有那個青年——保險公司的代表楊吉欣，依然正襟危坐，轉動著骨碌碌的眼睛，心有所思。

10 房東的自白

過一會兒，黃期正再度出現簡報室，他身後有一個穿白色衣袍的檢驗員，和刑警老唐，黃期正幾乎是被押進來的，他臉色蒼白，微微顫抖著坐在李組長旁邊的位置，老唐跟著在他旁邊坐下，把他包在中央。

檢驗員手上拿著兩張分析表，遞到檢察官手上，又把臉靠近檢察官的耳邊，小聲地耳語著。檢察官頻頻點頭，一邊翻著手上的紙張，等檢驗員耳語完了後，他擡起頭來面對大家，神情嚴肅，然後慢慢地說：

「死者的死因剛才李組長已報告過，是服食安眠藥過量致死，沒錯，她死前發生過性關係，也沒錯，我們檢驗留在她體內的分泌物，是陽性反應的A型血型，剛剛我們檢驗黃期正的血型和分泌物，完全吻合死者體內的——這就是說，死者李卻的死，與黃期正脫離不了關係。」

「啊——檢察官，冤枉啊！」黃期正聲音淒厲地申辯著。

「什麼叫冤枉！死者現場遺失兩只玻璃杯，也有你的指紋，你還強辯！你還想誣賴給你的房客張土木，該當何罪！你什麼時候把杯子拿到張十木的床下的，你說！」檢察官聲色俱厲，近乎咆哮。

「我……」黃期正期期艾艾，幾乎不能言語。

「證據充分，你還是據實招來，將來起訴的時候，我幫你說說好話，看能否減減刑。」

幾乎要崩潰的黃期正，他兩肩聳動，雙手緊抱胸前，在眾目睽睽下，終於控制不住號啕大哭起來。

沒有人阻擋他的哭泣，一會兒，他從口袋裡掏出一條手帕，擤了鼻涕，擦乾臉上的淚痕。面色雖然很蒼白，但他已經鎮靜下來，他變得很勇敢地開始自白：

「好久了，好像在他們還未結婚以前，我就常常到頂樓的陽台來，起初是在清晨，上來吸吸晨間的空氣，順便澆澆花，因此就和李卻她們熟起來，你知道在一年前，李卻跟陳翠和芳妮住在一起的時候，她們都未滿二十歲，清新脫俗，簡直像一朵朵含苞待放的蓓蕾，讓人打從心裡喜愛。那時候正好夏天，她們睡覺均未關窗，所以早晨一上來，往室內偷窺，滿屋春色，使得我心頭發熱。我第一次能進去她屋內坐下來聊天，陪她喝酒、做愛，是她結婚後的一、二個月吧！白先生自然又到國外去，下午約三時的時候，我睡過午覺起來，在三樓口聽到她在胡言亂語，原來她吃迷幻藥發作了，瘋瘋癲癲地，幾乎從樓梯上摔下來，我去攔住她，她便賴在我身上不起來了，我把她半拖半抱地弄回她的房間，她一直嚷著要喝酒，我便下樓去買啤酒，酒喝夠了，孤男寡女單獨在一室，她又衣衫不整，我可能酒醉的關係，便上去了，她並沒有拒絕，這是第一次。所以，這一年來，我們大概發生過十次關係，當然，都是在她吃迷幻藥發作、又喝酒又瘋狂的時候幹的，我可以發誓，每一次，都是她心甘情願的，祇有最後這一次——」

黃期正有些歉疚地停下來，他偷偷地瞄了白里安一眼，白里安的眼中充滿了怒火，正逼視著他。他吞下了一口痰，繼續不疾不徐地說道：

「最後一次就是五天前吧！我午睡片刻即上樓去找她，她吃藥已經差不多了，她說要跟我做愛，但是白板吃完了，提不起興趣。要我下樓到後車站的一家西藥房去買，她說，祇要告訴老闆說阿卻要的，他就會賣給我。於是我花了三百元去買了十顆回來，她又吃下三顆，迷迷糊糊地，我們便上床。事後，她竟然說，我常上來調戲她，給她吃迷幻藥，然後搞她，要我拿出一百萬來，否則她要告訴她先生。起初，我以爲她在開玩笑，或是藥吃多了胡說八道，我不理她，沒想到她一本正經地從床上坐直起來，認眞地說：『我要一百萬不是開玩笑的，你不給，我不但告訴我先生，我也要告訴你老婆、你女兒，我甚至要到法院去告你，讓你沒臉見人，我有一些朋友是「兄弟」，可以叫他們砍掉你的腿。嘻嘻……有一個經濟學者說過一句話：天下沒有白吃的午餐，你想想，你這個糟老頭，天下有白睡的午覺嗎？』我當時楞住了，便半開玩笑地問她，要錢可以，但為什麼要一百萬那麼多呢？不能少一些嗎？她斬釘截鐵地說一文錢也不能少，她說本來吃藥吃得太凶，借了一筆債，這幾個月來，和朋友去跟人家撿紅點，輸了幾十萬，她的一個兄弟朋友要創業，開地下舞廳，也要五十萬，所以非一百萬元不可。她說得那麼認眞，我心可慌了，才知道事態嚴重。於是我就翻臉不認帳，說又沒有人證，誰相信我和她發生關係。沒想到我話剛說完，她像潑婦般地，一個巴掌橫打過來，我一躲，她便摔到床下，她氣呼呼地坐在地上，拉開床頭櫃的抽屜，激烈地指著說：『你看，你看！我的白板還很多呢！我叫你幫我買白板，是有目的的啊！我可以說你給我吃藥再強姦我，那西藥房的老闆，是證人呀！』」

房東黃期正的自白，像一篇小說，可讀性強又充滿懸疑，高潮起伏。包括檢察官以下，都聚精會神地聽他娓娓道來。

而黃期正恍若陷入一個無底的深淵裡，他的自白，語氣無奈，但是他不能不說、不吐他心中的委屈：

「……我驚駭、羞怒，沒有想到活到近六十歲的人，會栽在一個黃毛丫頭的手上，我握緊了拳頭，憤怒至極，想一掌劈死她……可是我並沒有動手，我的拳頭漸漸鬆了，像一隻鬥敗的公雞，祇丟下一句話：讓我考慮考慮，便走了。我回到樓下店裡，額頭直冒冷汗，想到如果給她一百萬，不是要賣掉一層樓嗎？我的錢都是經營小本生意，一分一文辛苦賺來的，當然不情願呀！可是倘若不給呢？幾個可能的下場像走馬燈在我的腦海中旋轉不去，我名譽破裂，在妻兒朋友面前擡不起頭來，她丈夫到法院告我，我坐牢，或者她眞的叫兄弟來殺我。啊呀！我紛亂已極，心想要解除這個噩夢，祇有一個辦法，就是李卻永遠醒不來——『永遠沉睡』給我一個很大的啓示，我常常在報紙上看到吃迷幻藥過量而致死的人，如果她也像新聞所報導的狀況呢，眞是神不知鬼不覺！我撫著胸口，鎭靜下來後便再上樓去找她。本來我是想跟她說，好了，一百萬就可給妳了，然後再一起喝酒，給她吃藥。沒有想到我一上去，她已睡得迷迷糊糊了，祇有打呼的聲音。我捶她兩下，她也沒醒來。良機不可失，我的內心叫著，趕快打開床頭櫃的抽屜，果然還有十來顆的白色藥片赫然在目，我一把抓起來，順便倒了一杯水，扳開她的嘴巴，三顆二顆，分做幾次和著開水把它灌到她的肚子裡去，最後一次由於開水較少，藥片在她的喉間嗆住了，她幾乎醒過來，翻著一對白眼，動了兩下，又軟軟地躺下去睡著了。我想，今天她白板已經吃了很多，也喝了不少酒，再加上這十來片，穩死無疑。我走時在室內做最後的瀏覽，對了，那兩個杯子我的手摸過，擦過怕還是留下痕跡，祇好帶走以一勞永逸，爲了使她像吃藥過量而死，我在裡面把門閂卡上，然後推開窗子跳出來，再關上……」

黃期正說得聲音嘶啞，祇有迷惘的眼光顯得淒涼無助。可是顯然，他的自白還未完。在大家的期待中，白里安的心情更是錯綜複雜，他好像看著李卻，一步一步地走向死亡。

李組長推過去一杯水給黃期正，黃期正一口氣把它喝乾，他擦著沾在嘴角鬍鬚上的茶水。

「還有呢？」李組長催促著。

「我以爲一切均很順利，拿著兩個杯子下到四樓時，忽然聽到三樓有腳步聲上來，我沒有地方躲，看到樓梯口的第一個房間門是虛掩著，便推門進去，趕快把兩個茶杯往床下一藏，等腳步聲走遠，我才想起來，這兩個玻璃杯放在這兒未嘗不是好主意，萬一被找到，也有聲東擊西的結果……這就是所有的全部實情，我要特別向檢察官報告和求情的是我和白太太發生關係，即使不能說她誘惑我，也絕對可以說都是她同意的，所以，請檢察官大人從輕發落……」

當黃期正把他的自白說完之後，像生了大病似的，他癱在椅背上，動也不能動了。白里安氣憤已極，他站起來指責黃期正之不該，泯滅人性，罪大惡極；李勇和他的媽媽也跟著起鬨，音量很大，幾乎要吵翻了天。

羅檢察官這時揮著手制止了他們的喧囂，也像看完了一齣熱鬧的戲劇，現在落幕了，他站起來做結論。

「根據黃期正的自白，以及化驗的結果，李卻命案的凶手我們初步確定爲黃期正無訛，現在以我的職權，下令收押嫌犯黃期正，並且暫時禁止他接見與通訊的自由——至於苦主白里安，你留下來和李組長辦些手續，其他的人都可以走了。請注意，在座各位除了死者兄長和母親外，其他的人均保持隨時給本人和辦案人員傳喚的義務。好了，散庭！」

在大家都走光了的簡報室，楊吉欣還很頹廢地坐在那兒發呆，從剛才黃期正的自白中，他的一顆心就直往下沉，他所服務的人壽保險公司，這筆五百萬元的賠償費，諒必已跑不掉。可是在他的敘述中，他一直有幾個疑點困惑不解，譬如法醫化驗結果，致死的原因是服用過量的安眠藥，然而黃期正給死者吃的都是迷幻藥中的一種「白板」，死者要脅凶手要一百萬元的對話當中，也提及有「兄弟」要她五十萬開地下舞廳，如果眞有這個「兄弟」，是否也要深入了解一下呢？

楊吉欣突然覺得這些疑點，有進一步澄清的必要，他快步地追出簡報室，檢察官正要從走廊消失，他用跑步追到了羅檢察官，氣喘著說：

「報告檢察官，凶手的自白我有些疑點，是否請檢察官特別注意一下……」

羅檢察官覺得他的舉動太過唐突和不禮貌，便不悅地打斷他的話：

「有意見，請你用書面寫報告來。」說罷，便沒理會楊吉欣地走進檢察官辦公室。

楊吉欣疲倦地從刑大出來，才發現天都黑了，匆忙的寧夏路交通擁擠，人群、車輛和哨子聲音亂成一片。他站在街頭，無端地怔忡住了。

11 戴墨鏡的青年

黃期正從起訴到判刑，短短兩個月，便以強姦殺人罪被處無期徒刑。黃期正在庭上一直呼冤，申訴他和死者是和姦，而且死者當天本來就有吸食了迷幻藥，是不是沒有他後來所給她吃的十來顆，就已經過量了。總之，他請庭上明察，判處無期徒刑太重了。黃期正當然不服，他回答庭上說要上訴。

李卻雖然被她父親聲明脫離父女關係，但是在台北市第一殯儀館辦完喪事後，屍體便被她父親接回南部故里去了。當李卻的靈柩搬上車子時，白里安淚水泉湧，禁不住地跪倒在他岳父李剛的腳前，嗚咽著說：

「爸爸……您讓我跟著你們回去，我一定要親眼看阿卻入土，我要知道她葬在什麼地方，日後我好回去祭悼，爸爸……她是我的妻子啊，爸爸……」

李剛面無表情，鎮靜異常，不像上次他們公證結婚後他來興師問罪時衝動和激怒。他把眼光看著遠處內湖的山嶺，平靜地說：

「白先生，我的女兒都死了，我現在一點都不怪你，我現在要抱怨的是，升學主義害死了她，我們所給她的壓力太重，使她在台北這繁華都市迷失了，我最大的錯誤，就是我的個性太倔強，以至於太欠考慮地與我女兒脫離父女關係，想想她，孤單的一個人在台北，父母家人不要她，她先生，她的先生也經年累月不在家……如果她有什麼錯，也都是我的責任！至於你，白先生，我現在對你祇有一個要求，就是你從今以後，再不要記起有這麼一個可憐的小女人就好了……」

「可是，爸爸……」

「不要叫爸爸！不是我冷酷無情，你知道你使我多傷心。阿卻從此與你永遠斷絕關係，這一點絕對不可能妥協，你起來吧！我們要走了。」

李剛並沒有像他自己說的那麼冷酷和堅強，他說完話眼角泛起一片淚光。然後打開車門坐進去，開車的李勇依然惡狠狠地怒視著白里安，不顧他的懇求，走進駕駛座，絕塵而去。

白里安自李卻出殯以後，他便搬離那間傷心的閣樓，遷到東區信義路的一幢公寓裡，而他的生活，仍然台灣、香港兩地跑，倒反而在台灣的時間比較少了。

太太之死的官司，雖然由法庭公訴，但每次開庭，他還是出席，每次看到黃期正在庭上聲嘶力竭地為自由而爭辯，他原來對黃期正的憤恨，已逐漸減弱。這段期間，除了上法庭外，還常常應刑事組的傳喚，或者自動地到局裡去走走，因為黃期正被起訴期間，李組長追出一個跟李卻有關的所謂「兄弟」，原來就是住在四樓的張土木，調查結果，張土木跟李卻也有一腿，他通常是在晚間去找李卻，當白里安人在國外的時候，李卻在外頭的吃喝玩樂，都是張土木帶她去的，張土木說，李卻所謂開地下舞廳，是因為他們去過一兩家，生意奇好，覺得有錢可賺，李卻自動提出要合夥開的。至於她的金錢來源，李卻是說可以跟老公拿，她一直強調，白里安是華僑，在檳城他家是富戶，拿個五十、一百萬一點都沒問題。李卻從來沒有說過要去敲詐誰，而且，他根本不知道她竟然和房東黃期正也有一手。

張土木說他感覺很茫然，他想不通外表看來清純樸素的李卻，過的卻是兩面夏娃的生活。說來說去，可能就是吃迷幻藥害了她。

案發四個月後，二審法官改判黃期正十一年徒刑，判決理由是強姦罪不成立，改以妨害家庭一年，嫌犯本性善良，沒有前科，而且是臨時起意，判以殺人罪最輕刑十年，共計十一年徒刑。

檢察官由於本案犯罪者自白案情，動機單純，事後也充滿悔意，其情可憫，故就接受法官的判決，至於白里安，他也覺得李卻鎮日吃藥，遲早要出紕漏，加上房東一家大小的求情，便放棄上訴。而當事人黃期正對二審的判決也感激涕零，所以他放棄上訴，此案因此而告定讞。

一個月後，雖然楊吉欣很不服氣，但白里安還是辦好手續，領到了五百萬的保險金。

五百萬新台幣雖然不算頂多，但對白里安來說，也不是一筆小數目。他依然做著跑單幫的生意，祇是慢慢地，白里安逐漸減少回到台灣的次數，半年後，他便在香港定居了。

據他向在台灣的朋友說，跑單幫太辛苦了，每次拖帶那麼重的行李，在機場疲於奔命，累死人了，而且每次通關的時候，心頭忐忑跳個不停，鬼鬼祟祟的，要看關員的臉色不打緊，還要低聲下氣去拍他們的馬屁，簡直不是人幹的，所以決定不吃這行飯了。

在香港落籍的白里安，就住在漆咸道的「伊麗莎白女皇套房」，他整月向貿易公司老闆包租下來。他會租下這個地方，並不是特意的，也說不上一種什麼緣由，祇圖個交通便捷和房租便宜。

白里安不久便在海運大廈弄了一個五坪左右的舖位，和周清紅合夥開一家叫「道坊」的精品店，賣一些書畫和現代雕塑古玩，供應一些中上家庭做室內擺飾。這條線路是透過周清紅介紹的，他一方面賣給外國觀光客，一方面也售予來自台灣的單幫兄弟。生意還算順利，因而白里安生活闊綽起來，手戴勞力士金錶，出門開賓士二八〇，賓士二八〇在香港雖不像台灣那麼貴，要花到新台幣三百萬元，港幣也要四十萬元；這哪是在台灣混了六、七年仍是一個單幫客所能想像的，歸根究柢，這完全拜李卻之賜，而這個賜福，代價未免太大，是用李卻的生命換來的。

香港的秋天，看不到楓葉和天高氣爽，暑氣依然逼人，加上人潮洶湧，在街上行走的人，個個汗流浹背。尖沙咀一帶，華洋雜處，幾乎可以說是人種的展覽場。從半島酒店出來的英國紳士，即使大熱天，也西裝革履；在天星碼頭，或站或坐穿著牛仔短褲、背心，濃髮與鬍髭亂成一片的嬉痞，也成一景。

海運大廈伸入港灣裡，是一座長又龐大的高級商場，內部分成二條走廊，有四個鋪位面對面，走廊長達幾百公尺，每個店鋪隔間很精緻，所出售的物品各有特色，但仍然以服飾較多，皮革、珠寶的分量也很重。整個商場全部空調設備，冷氣十足，在裡面逛街，瀏覽購物的人，腳步便和緩得多了，態度悠閒，或駐足、或看櫥窗裡的精品，也自然地成為一種風氣。

白里安所開設的「道坊」精品店，在三樓的中段，過了二、三間便是一處安全門的出路，店成長方形，櫥窗裡擺了幾只介於具象和抽象之間的陶塑和紋路粗糙的石頭，聚光燈從上照下，使那幾件作品顯得很突出和厚重。

室內層次不規則地擺了一些古玩和壁飾，牆壁貼著黑絨布，凝重背景之下的燈光和物品，顯得件件高貴，而且充滿了個性。

這樣一個格調甚高的藝品店，經營者出自一個原是跑單幫的白里安，說起來一定許多人不相信，尤其是那些新穎的創意和商店本身所透露出來的氣氛，不是一介普通商人所能釀造的；這當然要歸功於周清紅，因爲所有的構想和設計，是出自她在電影公司做事的先生王健。

道坊這個店除了白里安自己外，還僱用了一男一女，女的是會講英語的店員唐之菊，長得很漂亮，男的是個小男生，打雜兼送貨。

他們每天中午十一時開店，晚上九點就打烊了，營業時間不算長。白里安通常不是在店裡，便是開著賓士往郊外元朗或新界跑，生活過得很愜意。李卻逝世不到一年，他已很少去想到她了。偶然會從噩夢中醒起，身邊女人的溫暖，便使他的夢境馬上煙消雲散。

說到臥榻旁的女人，白里安在「伊麗莎白女皇套房」簡直左右逢源，不知是年輕英俊，還是手邊麥克麥克，首先他跟周清紅很快地打成一片，雖然她是有夫之婦，白里安玩起來有點怯場和擔驚受怕，然而周清紅一直鼓勵和安慰他，說她先生整天整夜耗在片場，根本不管她的私生活，而且他更是一個新潮派的人，把男女之間床笫之事看得很

INK PUBLISHING

讀者服務卡

您買的書是：________________

生日：______年______月______日

學歷：□國中　□高中　□大專　□研究所（含以上）

職業：□軍　□公　□教育　□商　□農

□服務業　□自由業　□學生　□家管

□製造業　□銷售員　□資訊業　□大眾傳播

□醫藥業　□交通業　□貿易業　□其他________________

購買的日期：______年______月______日

購書地點：□書店　□書展　□書報攤　□郵購　□直銷　□贈閱　□其他

您從那裡得知本書：□書店　□報紙　□雜誌　□網路　□親友介紹

□DM傳單　□廣播　□電視　□其他

您對本書的評價：（請填代號 1.非常滿意 2.滿意 3.普通 4.不滿意 5.非常不滿意）

內容______　封面設計______　版面設計______

讀完本書後您覺得：

1.□非常喜歡　2.□喜歡　3.□普通　4.□不喜歡　5.□非常不喜歡

您對於本書建議：

感謝您的惠顧，為了提供更好的服務，請填妥各欄資料，將讀者服務卡直接寄回或傳真本社，我們將隨時提供最新的出版、活動等相關訊息。

讀者服務專線：（02）2228-1626　讀者傳真專線：（02）2228-1598

廣　告　回　信
台灣北區郵政管理局登記證
北台字第15949號

235-62
台北縣中和市中正路800號13樓之3

印刻出版有限公司　收

讀者服務部

姓名：＿＿＿＿＿＿＿＿　性別：□男　□女

郵遞區號：＿＿＿＿＿

地址：＿＿＿＿＿＿＿＿＿＿＿＿＿＿＿＿＿＿＿＿

電話：（日）＿＿＿＿＿＿＿＿＿（夜）＿＿＿＿＿＿＿＿＿

傳真：＿＿＿＿＿＿＿＿＿

e-mail：＿＿＿＿＿＿＿＿＿＿＿＿＿＿＿＿＿＿＿

INK

淡；另外一個便是他道坊裡的美麗店員唐之菊。

唐之菊跟白里安有一腿大約在她到道坊來上任的半個月後，速度之快，令白里安都大爲驚異，在他的安排下，唐之菊和周清紅輪流交替來充他的入幕之賓，白里安自從來到香港，搬入「伊麗莎白女皇套房」後，從來未曾孤枕而眠。

倒是逐漸地，爲了排除周清紅和唐之菊同時出現的尷尬，爲了隱藏三人互相親密和曖昧的行爲，這成了白里安一項很大的困擾和壓力。

唐之菊最初就知道白里安和周清紅有一手的，起初不以爲意，等到她也愛上了白里安，跟他上床後，便不能同日而語了；而周清紅的個性，白里安了解得很清楚，雖然他和她名分不正，她本身甚且是有夫之婦，可是，如果讓她知道，唐之菊也捲入他們的慾流裡，情況會相當的嚴重。

所以，白里安祇有小心翼翼地周旋在周清紅和唐之菊之間，旁人看起來像是豔福不淺，其實是自找苦吃，夜長夢多。

昨夜白里安帶唐之菊過海到港島迪斯可夜總會去跳舞，凌晨始歸，回到漆咸道時，又喝酒作樂，等到兩個人差不多有幾分醉意的時候，唐之菊身上的衣服也脫得差不多了。

白里安在柔和的燈光下看著半裸的唐之菊，她身材修長，皮膚豐潤而白皙，身上祇穿著一條比基尼三點式的內褲，胸罩已卸掉，兩隻渾圓而高挺的乳房，像兩顆熟透的水蜜桃，粉紅而充滿彈性，看得白里安垂涎欲滴，心跳加速。

白里安從背後上去抱住她，用手掌撫摸她的乳房，激情地在她的耳邊呢喃。唐之菊馬上有了反應，她回過身來和他緊緊擁抱，並且狂熱地接吻，互相撫摸，然後，他們一起倒在床上，壓在一起，歡快地呻吟……

一場肉搏大戰後，白里安用枕頭墊高半坐半躺在床上，抽著菸，用眼光瞄著疲倦的唐之菊，她背著他側睡的線條，弧度起伏，尤其從細腰到肥臀的那個高峰，白里安看得癡迷和心旌搖蕩，彷彿是某人的手指去撩撥他的神經中樞一樣，興奮而刺激。

白里安看著看著便用一隻手去摸她渾圓的臀部，她於是慵懶地回過身來，不勝嬌羞地白他一眼，輕嗔著：

「怎麼，剛才的瘋狂還不夠嗎？」

白里安滿足地笑起來，他放肆地說：

「妳眞是個魔鬼的化身，身材美得眞是沒話講，即使周清紅，她也不能和妳比，周清紅她——」

話還沒講完，白里安看到唐之菊一臉不高興地把臉頰撇開。

他覺得很意外，便不解地問著：

「之菊，妳不高興啦，我是在讚美妳呢！」

唐之菊連頭都沒回，祇聽她悶聲地道：

「讚美我？讚美我也犯不著人躺在你身邊，你卻提到周清紅啊！」

白里安一怔，原來她之生氣，是因爲他把她與周清紅比較，這樣也生氣，未免太小心眼兒了。

嘆了一口氣，白里安不再說些什麼，他從床上下來走到窗前，推開玻璃窗，一陣冷風吹進來，他覺得舒服多了，他一面朝窗外吐著煙圈，一面望著黝黑的天空深處，不知不覺地想到在遠方的台灣，以及他的亡妻李卻。

今天他們起床的時候已經早上十時，他們爲著趕十一時的開店，匆匆忙忙地梳洗完畢，唐之菊說路近，走路散步過去就可以了，白里安還是說要開車一道走。

白里安先開門出去，走了幾步，忽然從眼角邊看到他們房間隔壁的大門，一個頭戴白色打獵帽，眼眶架著一副大型的水銀墨鏡的青年，由於形狀怪異，加上有些鬼鬼祟祟，他想多看他一眼，那個人卻很快地閃進去。

那天下午，在「道坊」店裡，白里安不在，小弟送貨去了。唐之菊剛賣掉一只石虎給一對英國夫婦，送客出店門，忽然在斜影裡，看到一個頭戴白色打獵帽，眼眶架著一副水銀墨鏡的青年，急急掉頭而去。

唐之菊祇覺那個人的裝扮有點怪，其餘並不在意，也沒有特別記在心裡。

一刻鐘後，正當唐之菊低頭在看一本小說時，門鈴響了，她擡起臉時，微微地嚇了一跳，原來剛才那個怪形怪狀的青年，正跨進店來。

那人沒有看她，他注視著櫥窗內的飾物，好像全神貫注。這時候唐之菊就可以好好地瞧他，這個人穿著一條卡其褲，上身是一件很時髦的黃色襯衫，臉龐被大眼鏡遮掉一半，從這個情況如果要看出這個人的特徵，就是他有點瘦削的下巴。水銀墨鏡在他注視每一種事物的時候，都隨著燈光，在轉換反射著物品，至於墨片裡的眼睛，他在看些什麼？如何轉動？卻是深不可測。

後來那人停在一個臺階上，看著一塊粗糙的石頭；那石頭約有一個大人手掌大小，呈肥胖的橢圓形，上面有勾勒一兩個自然的圓點，形狀酷似坐著的貓頭鷹。那塊石頭是從大陸江西出土的，要賣到五百元的港紙。

他就站著彎腰注視那貓頭鷹好久，好像很欣賞和識貨的樣子。

唐之菊走到他的身邊打招呼，她起先以粵語問他，他沒有回答，後來用華語，他依然不作聲，他是日本人嗎？她想，於是她用英語跟他說，因爲唐之菊的日本話並不靈光。

可是，那個人依然不聲不響，祇見他的嘴角牽動一下，點點頭，便回身走掉了。

唐之菊在嘴裡罵了他一聲神經病，很不高興地看著他離去。

12 酒後吐眞言

對於在香港漆咸道和道坊突然出現的這個戴墨鏡的怪異青年，白里安和唐之菊均不曾把他放在心裡，這分別所遭遇的一個人和事，祇是生活中的一個小點綴罷了，所以他們均未曾提起這個人和他怪異的行止。

過幾天晚飯時間，白里安跟唐之菊說他有來自台灣的朋友，要請他們到沙田去吃海鮮，要玩到很晚才回來，請她自己打烊關好店門回家，每次這樣吩咐，所謂回家，唐之菊就知道他的意思，要她回父母的家去。

白里安是到沙田去請客沒有錯，但請的是周清紅和她的先生王健。白里安和王健熟起來是因爲他幫他設計那家「道坊」精品店，格調和氣氛均屬上乘，而且經營的方針也是接受他指導的，生意又不錯，白里安當然存有感謝之心，況且，周清紅又是股東又跟他打得火熱。所以，請客或跳舞，他們常玩在一塊，便不足爲奇了。

王健身材魁梧，留著滿腮的鬍鬚，說話很大聲，常常開朗地笑著，個性很豪爽，白里安和他在一起喝酒的時候，常常在側面偷偷地瞄著他，心裡想著的不是這傢伙怎麼會如此的笨，像一隻大狗熊，笨到他的太太跟人上床，頭戴綠帽子滿街跑還那麼開心，而是很奇怪，這個高頭大馬的傢伙，怎麼會有那麼纖細的藝術細胞，弄出個「道坊」來。當初周清紅提起，也是因爲不要讓她失望而勉強試試，沒想到結果竟這樣意外的好。

在沙田船上的海鮮舫，他們吃著從大陸西湖來的大閘蟹，喝茅台酒，伴著淡淡的月色和點點的漁火，情調很迷人。藉著酒興，他們信口開河，胡說八道地亂講一些笑話。十點多鐘，當他們酒喝得差不多的時候，王健說他要回片場去，請白里安送他到九龍城附近的製片廠，順便送他太太回佐敦道。

白里安已有些許的醉意，坐在駕駛座上意氣煥發，用一隻手運轉方向盤，嘴中還吹著口哨，在狹窄的公路疾駛，驚險萬狀，坐在駕駛座旁的王健已經醉倒睡著了，坐在後座的周清紅，把臉俯到前面去，左手伸過去攬住白里安的腰。白里安每一次的急轉彎，她便叫著：

「小心，小心啊！」

同時她便猛抓白里安的肚皮，把白里安搔癢得呵呵大笑。

在製片廠門口放下了王健，他踉蹌了幾下，白里安沒有注意他有沒有跌倒，便帶著他的嬌妻，揚長而去。

當然，他並沒有送周清紅回佐敦道，而是直接回「伊麗莎白女皇套房」。

他們跌跌撞撞地上樓梯，在三樓批發店門口，碰到了幾位舊日跑單幫的朋友，那些朋友看他喝得醉醺醺地，又帶著周清紅，搖搖頭，眼神顯得有些不屑，便躲開了。

反而，白里安對著這幾位老朋友和同鄉，仗著幾分酒氣，罵開了：

「他媽的，你們看我有錢不服氣，是吧？人往高處爬呀，嫉妒個鳥！」

「幹，用太太死去的保險金招搖，有什麼好神的，而且，你太太……」其中一個忍不住反駁了他，另外一個阻止他說下去。

周清紅比較清醒，她一把抱著白里安直往四樓走，白里安嘴裡還挺不服氣的，要找人打架。

這時批發店的老闆走出來，訓著白里安：

「小白啊，你鬧什麼？也不想想你們以前是怎麼在一起的，現在有點得意，可不用就那麼忘形呀，謹慎是本，謙虛是德啊！上去，上去，喝得醉醺醺的，還吵什麼啦……」

「我有錢，有錢就犯法啦？幹伊娘，用那種目睭看我……」白里安用台灣話叫著。

「上去啦！你再神經，不管你了！」周清紅忍不住也火起來罵著他。

他們上到五樓的時候，有幾個人站在樓梯口看熱鬧，「伊麗莎白女皇套房」的隔壁房間，大門半開，現在慢慢地闔上。

白里安拿起鑰匙開門，鑰匙還沒插進匙孔，門就開了，他一楞，門沒有關好啊，他想到早上出門的時候，他先走，門是唐之菊關的，可能她沒有關緊，不便再說些什麼。

他打開燈，四下巡視了一次，沒發現什麼異樣，便放下了心。他一邊脫衣服，一邊又嚷著：

「再喝酒，再喝酒，我要喝白蘭地……」

周清紅把門關好，人在室內，便不去管白里安的放肆了，周清紅有過好幾次的經驗，白里安一喝酒，尤其喝醉的時候，在床上，他會像老虎出柙般地狂野，粗暴又持久，她想到這點，心就癢癢的，晚上，她要讓肉體和心田的飢渴得到雨露均沾。她期盼他殘暴的蹂躪和征服。

於是，她從架上取下一瓶XO，打開各倒滿了一杯，端給他，周清紅嬌媚地說：

「來吧，給你這杯酒，喝死它吧，樂死它吧……」

兩個人咕嚕一聲，一飲而盡。

「奶奶的，小紅，我就是愛死妳的嗲勁，妳的床上功大像水蛇一般的柔滑和充滿魅力，牡丹花下……死，做鬼……也風流，奶奶的，古人不知誰說的，一點也不錯，所以，奶奶的，有妳，我害死了太太還怕什麼！妳叫我去幹掉女皇，我都願意，來，來……小紅，騷一個……」

周清紅脫掉了襯衫、裙子，她搖曳著屁股走到白里安面前，把搖搖欲墜的白里安抱入懷裡。

「哥哥……吃我……」

白里安因爲他的臉龐被她的雙乳包住，祇聽他從嘴巴裡含含糊糊地吐出：

「唉喲，我的媽呀，爽死了……」

周清紅深深地喘了一口氣，忽然變換了另一種面貌，她充滿野性地，咬牙切齒地說：

「我不祇是你的快樂之神，給你爽死了，我更是你的財神爺，對不對？如果我沒有給你好點子，你啊，你現在還跟李卻那個掃帚星，在丟人現眼，悽慘落魄呢，對不對？」

白里安從她的胸前抬起頭來，眼色有點迷惘和癡呆，他傻裡傻氣地說：

「對，如果沒有妳的妙計，我眞的到現在還脫離不了那苦海，小卻吃藥發作的時候，到處出醜，我眞是痛苦極了，尤其是她在檳城我家的那一次，使我父母大驚失色，使我丟盡了顏面，那時，我就想到，要遠離這場噩夢，祇有她死——」

「要她死，也不能平白就死啦，所以，你就去替她辦保險啦？」

「哦，不，我替她辦保險純粹是爲了她出遠門，還有她常吃藥，我怕有意外，那時候並沒有想到要置她於死地，使我有這個念頭的是她在檳城我家現醜以後的事，至於下決心的，哈哈……」

白里安興奮又惡作劇地把周清紅推倒在床上，兩個人樂得在床上滾成一團。

「嘻……是我給你的嘛……」

「是妳給我的暗示和勇氣沒有錯，可是用安眠藥給她混合著迷幻藥吃，是我自己想出來的，每次她吃藥吃得那麼厲害，幾乎都在超量邊緣，如果再加些安眠藥，哈哈，總有一天她一定會無聲無息、無痕無跡地死去。因此，每次我要出國的時候，我便把一種在這兒買的形狀類似白板的安眠藥，放在床頭櫃抽屜裡，那些白板的下面。照她吃藥的速度，二、三天便吃到我買的安眠藥，她吃的時候，我人又在國外，眞是天衣無縫啊！而且，小郤那樣的死亡，是擺脫她不可救藥的人生的苦痛，對我來說，可以把我的罪惡感減少到最低程度，所以，哈哈……何況……」

「何況，你又可以拿到一筆可觀的保險金，改變你的命運哪！」

「是的，是啊，可是出乎我意料之外的是，我本來把安眠藥放在白板中讓她一起吃，如果她過量了，便是心臟麻痹，意外死亡，讓我擔心的是怕保險公司認爲她是自殺，妳知道不知道，如果李郤是自殺死亡，我一毛保險金也拿不到的，哈哈……妳想那不是天助我嗎？突然殺出一個程咬金——我們的房東，他竟然從報紙新聞得到靈感，想要以吃迷幻藥過量而結束她的性命……妳知道，哈哈……妳知道當他在檢察官面前這樣表白時，連我都嚇一跳呢……哈哈……眞是太妙了，所以保險公司一點皮條也沒有，乖乖地賠錢給我……」

周清紅在白里安的懷中掙扎，因爲他壓著她講話，酒氣和唾液一直往她臉上噴，可是她嬌慵無力，滿面桃紅，她忽然裝得很正經地說：

「可是，房東搞你太太啊，想不到你也會戴綠帽子而不自知呢！」

「幹！」白里安動容地罵道：「房東對小卻有意思我是曉得的，祇是沒有想到他們上床十來次了，幹，小卻眞是該死……」

他們從亢奮中冷卻下來，兩個人有點垂頭喪氣，白里安是在懊惱李卻不應該給他戴綠帽子，而周清紅免不了要回想以前她和李卻那一段同性相吸的日子，如今，滄海桑田，短短的幾年間，事物不但變遷太多，甚且，李卻已變成一堆枯骨，離她而去，她感傷著，這時候她後悔爲什麼小卻之死的這個意念，是她提起來的呢？

「幹，來——」白里安突然又從床上坐起來，一把抓來XO酒瓶，「來，我們再喝酒！」他咕嚕咕嚕的直灌了幾口，直到嗆住了喉嚨，他因此咳嗽不停，弄得臉紅得像關公一樣。

周清紅把他手上的酒瓶搶過來，挑著媚眼罵道：

「你不能再喝了，再喝一杯，你就不行了，你不能辦事，我可不依，來——」她說罷抱住他。

可是白里安直笑個不停，酒精已在他的體內發酵，他的皮膚熱燙燙的，直冒汗，舌頭雖然已僵硬不聽指揮，但還是一味的想說話，他結結巴巴說：

「我——是世界上最聰——明的人，我謀殺了我太太，做得天——衣——無——縫——」

「別囂張了，殺了自己的太太，還這麼大聲嚷嚷呢，當心，隔牆有耳喔！」

「隔牆有耳？好吧，隔壁的耳朵聽著，我太太是我殺的，你去報案來抓我吧，哈哈……」

「唉呀，眞是十三點呢……」周清紅比較清醒，她罵著他。

「我是最快樂的謀殺者，得了五百萬……」

白里安話未說完咔嚓一聲，他忽然低下頭，像一具屍體般地橫在周清紅的身上，醉得不省人事了。

周清紅氣得把他推開，一肚子的慾火無從發洩，她便坐到沙發上，點了一支菸，把一雙玉腿靠在茶几上，伸得高高的，無聊地吐著煙圈。

這時候有輕微的沙沙的聲響，好像壞的唱針劃在舊唱片上的沙啞聲自周清紅的腳下發出，而她並沒有感覺。

周清紅看著睡得死沉沉的白里安，她煩躁地接了第二支菸，還沒有抽完，她便也在沙發上睡著了。

不久，兩個人都發出濃濁的鼾聲，並且吐著酒氣，連室外都聽得到。

凌晨四時，「伊麗莎白女皇套房」的房間被打開了，一條黑影很快地閃進去，那黑影一點猶豫都沒有，便在茶几下報紙堆裡，抽出一件東西，不聲不響地躡著腳步走出去，再把他們的門關上，迅如脫兔，全部動作不超過兩分鐘，一點也沒干擾到白里安和周清紅的李伯大夢。

今天是星期六，下午茶時間，海運大廈的商店街，人潮一波一波地湧到，長廊盡處，看到的都是人頭。

道坊精品店的生意很好，店裡包括白里安在內的三個人，忙得還沒有時間吃午餐，三、五坪的店內空間，站了六、七個顧客，有的是洋人，有的是日本人，有的品評，有的議價，白里安和唐之菊說得舌焦脣乾，好不熱鬧。

正當他們忙得不可開交的時候，一個頭戴打獵帽、水銀墨鏡的青年，也就是白里安在「伊麗莎白女皇套房」隔壁房間匆匆一瞥，以及和唐之菊在店裡沉默了半天的那個怪異的人，不知道在櫥窗外已經站了多久；首先看到他的是唐之菊，她正送走一個客人，一抬眼，那強烈的形象使她嚇了一跳，她下意識地馬上避開眼睛，趕緊走到後頭去找白里安，白里安回頭看前面時，他也略爲一怔，他準備走到店口辨認仔細，那人在玻璃片的反射下，牽動的嘴角，好像在微笑，未等白里安來到門口，他便走開了。

白里安走到店門口，那人已消失在人群中。

唐之菊馬上告訴他，那人曾到店裡流連了半天，也是這身裝束，問他話，一句話也不答，後來，露出笑容示威般地走掉了。

白里安心裡突然浮起一個不祥的預感！那個人，不正是那天他要出門前在隔房倏忽一現的人嗎？他暗暗一驚，但是沒有將這件事告訴唐之菊，同時因爲店裡客人多，一下子便又沉耽於忙碌的生意中了。

半個鐘頭後，道坊精品店櫃枱內角的電話，嘟嘟地響起來了。

唐之菊坐在櫃枱邊，接了電話，應對了兩聲，馬上把話筒交給白里安。

「哈囉，我是白里安！你是哪一位？」白里安用粵語問道。

「……」

「你是誰？」白里安聽到對方好像用華語在講，便改口用華語。

話筒裡傳來了一陣笑聲，然後很清晰地報出他的名字來：

「我是楊吉欣！」

「楊吉欣？誰是楊吉欣？」

「我就知道你已經忘掉，也難怪，到底不在國內，而且事情也過一年了……」

「喂喂，你到底是誰？請明講，我現在的生意忙得很哪！」

「我知道，我知道，我半個鐘頭前在你的店門口走過，室內顧客很多！」

「啊！」白里安不由自主地叫出了一聲，「你就是那個穿黃襯衫、戴墨鏡的人嗎？」

「在下正是！」

「但是我不認識你啊，你到底是誰？有什麼事？」

「好了，你既然這麼健忘，那麼就讓我告訴你吧，我是從台北來的，我認識你死去的太太李卻，同時，我們曾經在警察局同坐一室，記得有一個檢察官一直在問話，我就坐在你對面，楊吉欣這個名字你大概不太熟，但是你一定對我的職業比較有興趣——告訴你，我就是你太太投保的那家保險公司的人。」

白里安在聽筒裡衹聽了一半，他就已經知道那人是誰了，這個人不懷好意，使他悚然一驚，可是他盡量控制自己，不動聲色，他口氣仍然很流暢。

「哦，我想起來了，楊先生你到香港玩嗎？有什麼要我效勞的嗎？」

對方反而不耐煩起來，話筒裡傳來粗啞的聲音，連在旁邊的唐之菊都聽得到，可是唐之菊聽不太懂華語。

「你謀殺了你太太，冒領了五百萬元，我就是爲這件事而來香港的。」

「胡說八道！」白里安大聲地斥責著對方。

「我胡說八道？你才胡說八道呢，我有證據，你記得昨天晚上你在漆咸道的房間裡，自白了你謀殺你太太的經過嗎？很不幸的，我在你隔壁房已住了好幾天，昨天終於逮到了機會，你所說的一切，我都已錄了音，聲音清楚得很呢！」

白里安回想昨夜酒後的失態，依稀對周清紅有講過那些得意忘形的話。於是，他握住話筒的手顫抖著，並且被汗水所潮濕了。他臉色蒼白，心裡直吶喊，怎麼可能呢？然而在此緊要關頭，他不能不鎮靜，何況，他在電話那頭，看不到自己的慌張；可是，唐之菊卻看得清清楚楚，她雖然聽不懂他們的對話，但她知道白里安一定發生什麼嚴重的事情。

「我沒有講過什麼謀殺太太的話，也不相信你手上有什麼錄音……」白里安假裝強硬的說。

「好吧，這樣好了，你現在就到假日酒店的咖啡店來，我給你錄音帶聽。」

白里安猶豫了一下，心裡念頭一轉，就脫口說道：

「現在我很忙，走不開，這樣好了，今天晚上在我們店裡打烊前，九點，你到我店裡來好了。」

「……」對方沒有出聲，好像在考慮什麼。

「怎麼？你不是要給我聽錄音帶嗎？果然，不出我所料，你是胡說八道的？」

「好了，好了，」楊吉欣在那一端說，「我九點正準時到你店裡去！」

說完他就掛斷電話，喀噠一聲已響，但是白里安還抓住話筒，楞住了。

臉色蒼白的白里安冷汗直冒，剛才的一通電話像經歷了一場噩夢，一切都那麼好端端的，怎麼突然會冒出一個楊吉欣來，簡直是晴天霹靂，打得他的一顆心，直往深處墜落，沉重無比。

唐之菊深知有異，她擔心地問道：

「那人是誰啊？幹什麼的？」

白里安心煩地揮揮手，連瞧都沒瞧她一眼，便粗魯地打斷她：

「這件事不用妳管！」

用著一條縐縐的手帕，頻頻拭汗的白里安，他已六神無主，彷彿一隻無頭蒼蠅，營營亂飛。

13 天星碼頭的浮屍

當晚八點半未到，白里安便把小弟遣走，也提早放唐之菊下班。

唐之菊心中充滿了狐疑，但白里安凝重的臉色使她不敢多問，當她拎著皮包要走的時候，周清紅神色匆匆地進了店門來，交錯時，兩個人衹用眼梢互相瞄了一下，做爲招呼。

店裡還有些客人，一個客人買了一把有很美麗皮鞘的口本製的武士刀，白里安幾乎是用敷衍的態度對待，他包裝的時候，連包裝紙都輕微地抖顫著。

送走了這位客人，白里安馬上把櫥窗裡的聚光燈和室內撥光燈全部關掉；同時也把打烊用的壓克力橫牌，在玻璃門掛上。

好像一切都就緒，兩個人便在櫃枱邊坐下，周清紅比較沉著；當下午白里安在電話中把楊吉欣這個傢伙來找麻煩的事告訴她的時候，周清紅雖有些驚訝，可是她卻沒有他那麼慌張，她一直安慰他，一切情形等晚上見面時，再做打算，可是，千萬不可慌張，即使在更惡劣的狀況下，更要鎮靜。

時間一分一秒地過去，店外路過的人，顯得更清晰，有些人就把臉探在櫥窗邊，觀望著黑暗室內。白里安終於忍不住這強烈壓迫著的沉默。

「等一下他來要怎麼辦呢？先聽他的錄音帶，如果錄音帶眞的錄我所說的那些話，又怎麼辦呢？」

周清紅在黑暗中點起一支菸，菸頭小小的火焰顯得特別的紅，她慢條斯理地說：

「看他的企圖是什麼，再決定下一個步驟，怎麼，男子漢大丈夫，你緊張得像個什麼？眞是成不了大事，我告訴你，你要好好地記著，如果事情無法挽回，我會給你使個眼色，你就照計畫行事，這一點你記好，千萬不可出岔。」

「是，是……但如果他不來呢？」

「他會來的，你稍安勿躁，我們冷靜下來等他。」

九點整，卡其褲黃襯衫的青年果然出現，雖然他沒戴水銀墨鏡和帽子，但是，白里安一眼就認得出來。

「就是他，就是他……」白里安急躁地說。

「不要急，我們在此觀望他一下子。」周清紅鎭若磐石地說。

這個穿黃襯衫，叫楊吉欣的青年，他肩上吊著一只小旅行袋，雙手抱胸地探望著室內，室內沒有開燈，從櫥窗到櫃枱有四碼遠，加上有些裝飾的阻隔，如果沒有經過長時間的適應，外面的人實在看不出裡面的動靜。

楊吉欣看到裡面一片漆黑，他有點困惑，但並沒有馬上走開，他移動身體去試試門鎖，門輕輕一推，便開了。楊吉欣臉上露出訝異，並沒有跨步進去，他反而讓門關回來，站在門口考慮著。

「進來吧！台灣人。」是周清紅的聲音。

同時，白里安打開了櫃枱的一只投射燈，這時候楊吉欣才看清裡面有兩個人影。

於是，楊吉欣便不客氣地推開門走進去。

他們兩人讓出一個位置給楊吉欣，楊吉欣在一只仿明代的陶瓷做的圓凳子坐下後，便問著白里安：

「這位是……」

白里安看到他本來的面目，便認出他是在刑事警察局坐在對面的保險公司的代表沒有錯。

「我姓周——是白先生的朋友，我也是台灣人啦，先生貴姓？」周清紅語氣雖然僵硬，但可以看出她在攀鄉親的關係。

「哦，眞是幸會，我叫楊吉欣。」

周清紅坐在櫃枱裡，白里安靠在牆壁上，把楊吉欣擠在角落，牆壁上掛有古代歐洲的盔甲和日本製精緻的武士刀。

「聽說你是台灣保險公司的人？」

「是，沒錯，可是這次我來香港是以私人身分來觀光的。」

「那你對我有什麼目的？你說錄了一些我說的話，是什麼意思！」白里安忍不住插進來說。

楊吉欣慢慢地露出一個狡猾的笑容，他坐著背靠牆壁，把那只旅行袋抱著置在膝蓋上。

他很從容地說道：

「那次在刑事警察局，我本來是例行公事，代表公司去旁聽的，可是，那個下午在檢察官的偵訊下，我聽到了你的自白，加上法醫的檢驗結果，發現了一個疑點，那就是被保險人李卻有吸食迷幻藥的惡習，但是她的死因卻是吸食過量的『瑪琳』，『瑪琳』和『諾米諾斯』雖然同屬鎮靜劑的一種，但其中尚有很大的差別，即瑪琳是安眠藥的主劑，而那個房東在抽屜裡拿『白板』給她吃，爲什麼會變成『瑪琳』呢？而且你記不記得你說過李卻沒有吃安眠藥的習慣，可是爲什麼死者的口腔和胃壁殘存大量的『瑪琳』呢？」

楊吉欣說到此停了下來，他用舌頭舔舔嘴唇，忽然滑稽地改變話題：

「白先生，我看這不是很好的待客之道，我口乾死了，你總該給我一杯水喝吧！」

白、周兩人都有點尷尬，周清紅從櫃枱下打開一只小型的電冰箱，取出一瓶可樂給他。

楊吉欣咕嚕咕嚕地喝上幾口，舒服地叫了一聲，然後用手背擦著嘴巴。

「然後呢？」白里安催他繼續說下去。

「哦！然後，我就去找李組長，查閱一些細節，也看了一些凶宅現場的遺物，其中一項最大的關鍵，就是從現場尋找到一顆安眠藥，那顆安眠藥藥片上刻著一個英文字母R字，我就根據這個線索，找遍了台北市也找不到一家西藥房出售這種牌子的安眠藥，後來，請教了一個藥劑師，他翻著西藥年鑑，查到上面刻有R字的安眠藥，有一種叫『樂利斯』牌子的是英國製造的，但台灣沒有人經銷。哈哈！我也眞是聰明過人，英國製在台灣沒有出售，那麼在香港這個殖民地一定有出售，有出售的話就和常跑香港的白先生有關聯，喏，就是這個……」

楊吉欣說罷從口袋掏出一排藥片，丟在櫃枱上，他繼續詭異地說道：

「這就是『樂利斯』安眠藥，我在這裡的藥房買的，你看是不是！」

周清紅連看桌上的藥片一眼都沒有，她沉雷般地追問：

「那，這個安眠藥能證明什麼呢？」

「哈哈哈……」楊吉欣突然很大聲地笑開來，有些誇張；「你想想，死者中迷幻藥的毒很深，這種藥如果吃過量會心臟麻痹而死，如果別人再促成它，譬如說，給她安眠藥吃，她一睡三天又沒有人去叫醒她；譬如說，她保了五百萬的意外險，而受益人又是……」

楊吉欣賣弄關子般地停下來，目光巡視著他們兩位，像神探破了一件大案子，很得意。

「你在暗示什麼？」

「已經不用暗示了，我衹是告訴你們，當時，我就想到了白先生一定有問題，費了好多時間，我終於找到你住在香港，和摸清了你在香港的一切關係，從這裡頭，又得知了周小姐妳這個人，哈哈，說來，你們也許不相信，爲了探知你們的一切傳聞的消息，我認識了陳翠和羅芳妮，使你們更意外的是，我並且娶了陳翠呢！哈──哈，驚奇吧！」

驚奇，當然驚奇，對白里安和周清紅來說，這一切的演變實在太意外了。他們的表情有著顯著的變化，周清紅不禁低吟一聲，像遭受到一記沉重的悶棍。

「陳翠好嗎？」周清紅問。

「當然很好，謝謝關懷──這一年中，我不時在跟陳翠研判案情，我終於等到這一次──有七天的香港觀光假期。我到香港的目的，就是找尋證據，雖然我有百分之百的信心，李卻之死白先生你一定脫不了關係，但這樣重罪，非有證據不行。我到香港時，便以單幫客的身分住進你的隔壁房間，注意你們的動靜，後來，我發現你們住的『伊麗莎白女皇套房』，以前好多人住過，那也是一個公共客房，在三樓房東櫃枱上面，掛滿了一排鑰匙，你們那間一號房的預備鑰匙，也掛在那裡。大前天，房東生意忙得不可開交的時候，他要我自己拿鑰匙，就是這個大好機會，連你們的那把鑰匙也一併拿走了。所以，非常抱歉，我到你們的房間，進出自如，每天晚上我在五樓等你們，一看到你們的車子開進巷子，我便把一只小型但靈敏度高的錄音機放在茶几下的舊報紙堆裡，打開錄音機，等待機會，我沒有想到二、三天後就那麼順利地錄到你這段精采的自白，我原先的構想是開著錄音機到你房間閒聊，想辦法套出你的口供。可是，昨天你的自白，便一切都夠了。喏，錄音機在這兒，我放給你們聽聽。」

楊吉欣說著打開旅行袋的拉鍊，掏出一只黑色長方形的電晶體錄音機，在他要按下放音鍵時，他又故作神祕地說道：

「在還沒放音以前，我必須聲明，希望你們聽到自己的犯罪陳述不要驚慌，同時——嘿嘿，也不要動歪腦筋，這捲錄音帶，在早上我已經拷貝兩份，一份寄回台灣給陳翠，一份寄到我自己的公司。即使你現在要搶走這份錄音帶滅跡，也已經來不及了……來吧，現在就放給你們聽吧。」

按下放音鍵，機上的小紅燈亮了，先是沙沙的聲響，是開門進來的聲音，然後是白里安嚷著要喝酒，接著是親熱的話……到後來，當白里安拖長聲音說：「我是世界上最聰明的人，我謀殺了我太太，做得天衣無縫……」時，錄音機的聲音仍然很清晰，可是楊吉欣把它關掉了，而白里安已經癱在牆角了，他身上直打著顫，臉色蒼白顯得他哆嗦的嘴唇特別黑。

「不可能的，不可能的……」白里安只能反覆地講著這句話。

周清紅臉如寒霜，她從櫃枱裡站起來，她冷笑地說道：

「楊先生，算你厲害，眞的，我很佩服你，你做得不錯，可以比美神探福爾摩斯——那麼，你的目的是什麼？」

楊吉欣伸伸腰，很滿意現在的這種情況，他想，周清紅也很上道，她馬上開門見山的要求答案。勝券在握，他不由得滿意地笑起來說道：

「嘿嘿，是這樣啦，我開始就說，我這次來香港是私人觀光的，不代表公司。我覺得那筆保險賠償金五百萬新台幣，二一添作五，應該分一半給我，反正現在這個官司已經結案，房東判刑十一年亦告定讞，祇要我一句話不說，就什麼事也沒有，你不但保有二百五十萬元不說，還不用以謀殺妻子的罪名去坐牢，你知道的，台灣的刑罰是很重的，謀財害命，尤其殺妻，不死也要無期徒刑……」

白里安和周清紅聽到楊吉欣要求二百五十萬，口氣雖然溫和，但明顯的是在恐嚇。

白里安就憤怒地吼著：

「你在作夢，我費了那麼大的心血才拿到五百萬，你一下子就要去一半，告訴你，天下沒有那麼便宜的事，再說，五百萬我買車做生意，現金已經花得差不多了，店還是我跟周清紅合夥的，哪還有可能給你二百五十萬！何況，我人在香港……」

「不要吵，白里安，要吵去把門上的布簾拉起來。」周清紅吆喝著白里安，同時在電話邊的一個紅字按鈕揿下去，喀噠一聲，整個落地櫥窗的外緣，便緩緩地降下一道不鏽鋼的鏈條鐵門。

白里安悻悻然地拉上玻璃窗的布簾，加上櫥窗裡有些層層疊疊的擺飾，光線又暗，外面已看不到裡面的一切。

楊吉欣看著這一切的動靜，心有點虛，到底在人地生疏的地方，雖然他自恃握有使他們致命的王牌，諒他們不敢亂來；可是，鐵門都下來了……

「怎麼，你們要怎樣？」他故作鎮靜地說。

周清紅從櫃枱邊走出來，繞到楊吉欣的正對面，雙手扠著腰地站著。白里安拉好布簾回來，兩個人剛好把他圍在裡角。

楊吉欣看情形不對，要站起來，周清紅用手按住他，冷冷地問道：

「我們不怎麼樣，祇是要問你，你一定要二百五十萬元嗎？」

「是，二百五十萬一文也不能少，我剛剛講過……」

「如果不給呢？」

「那我回台灣一定馬上到警察局告發你，把你引渡回去治罪，如此而已。」

「我是馬來西亞人呢！」白里安插嘴進來說。

「殺人罪不分國籍，到哪裡都要坐牢，而且我查過，你也擁有中華民國國籍。」

「我有個建議，如果你把錄音帶留下來，忘掉這件事，我們送你個小禮物，我們讓你平平安安地回去……」

「什麼禮物？」

周清紅朝白里安使個眼色，白里安臉無血色，移動腳步，在牆壁上取下一把武士刀。

「什麼？這個……」楊吉欣驚嚇地叫了起來，掙扎地要從椅子站起。

可是周清紅雙手按住他的肩膀，其實她的力氣不大，祇是楊吉欣的腿已經軟了。

「你一定要二百五十萬元嗎？你不能一文不要嗎？」周清紅幾乎咬牙切齒地說。

楊吉欣被周清紅的氣勢嚇倒，但他已經進退維谷，祇有再鼓起勇氣說：

「我……我……現在我即使不要，也來不及了，早上我已經把錄音帶寄回去給陳翠……」

「寄給陳翠嗎?你想好，是寄給陳翠嗎?」周清紅逼著問。

「是的，你，你們……」

「我再問你一次，你到底能不能把這件事算了，還是要二百五十萬?」

「你們的五百萬是不義之財，所以我要一半也不過分，再說……」

「你……」一臉紅潤的周清紅，臉色突然變得很慘白，她退後幾步，衹見她眼裡的黑瞳仁不見了，翻著白，淒厲地叫著：

「白里安，殺——」

白里安楞住了，他手上拿著的武士刀尚裹在刀鞘中，一雙腿直打顫。

楊吉欣知道厄運當頭，性命危在一髮之間，他拚起畢生最大的力量，站起來要衝出去。周清紅沒攔住他，一邊叫著白里安，隨手從飾物架上拿起一件重物，往楊吉欣的後腦勺猛擊下去。

楊吉欣遭此襲擊，他腳步不穩，顛簸了幾步，在他要倒下去之前，白里安忽然中邪般地，飛快地從刀鞘中抽出白閃閃的武士刀，叫著一聲像李小龍在電影中武打時的怪叫聲，武士刀從楊吉欣的右耳處直削下去。

一聲慘叫的同時，楊吉欣的右耳朵掉在地上，血像噴水般的從他的頸子迸冒出來。

三天後的清晨，在天星碼頭的一處船塢裡，一具男性屍體被港務所的一個清潔工發現，立即驚動了警方，經派人打撈上岸，發現這個男屍約三十歲左右，穿卡其褲，上身裸露，滿身的傷痕，臉部更是血肉模糊，已至不能辨認的狀況，而他的右耳，齊根削掉，右頸被砍了一個五公分長的洞，動脈已割斷，此處爲致命傷。

尖沙咀警署的人員初步研判是死於謀殺。

那人身上沒有身分證明文件，也沒有特徵，口腔的牙齒完好，既無缺齒也沒有補齒，身上亦無明顯的症狀和胎記。最後，探員在他長褲內袋裡，發現了一行用毛筆字寫的六個一元銅板大的黑字：台灣人楊吉欣。

這是唯一的線索，於是承辦此案的尖沙咀警署的華籍探長羅禮士便爲此大事張羅，派人拍了死者的全身照，發到港九各報社去，又請記者渲染一番；大標題都寫著：「天星碼頭發現浮屍，疑是台灣人楊吉欣」。同時，羅禮士派人到各飯店去查證有無楊吉欣投宿的紀錄，可是，並無收穫。

次日所有的報紙均刊登此項尋人消息，報紙見報當天中午，「伊麗莎白女皇套房」的房東，最先發現，因爲楊吉欣投宿時，特別跟他寒暄，自稱經友人介紹，前來投宿，欲住「伊麗莎白女皇套房」，房東告以已長期租與他人，尚依戀不捨，故特在其旁闢室給他。因此印象特別深刻，他並且以旅行支票美金一百元十張，向其兌換港幣，其在旅行支票上的簽名用的是中文，簽的就是楊吉欣。

於是，老闆立即打電話到尖沙咀分署報案，說報紙上所登的死者，疑是他的房客。羅探長特別要求老闆隨他過海去認屍。

「對不起，請問你是誰？」羅探長問。

「我叫施莫，是漆咸道台灣人貿易公司的店東！」

在香港殯儀館的冷藏室裡，老闆看到了面目全非的死者，但他不敢確認，因臉部模糊已不能辨識，可是他說死者所穿的卡其褲看起來像楊吉欣的，身材也差不多，大概沒錯。

羅探長如獲至寶，死者的身分總算有了眉目，他一同跟施莫回漆咸道，經施莫同意，他打開楊吉欣所租的房間，入內查看。

那是一個窄小的房間，面積不足二坪，只能擺下一張上下單人鐵床，和一張小桌子。楊吉欣睡在下鋪，上鋪擺了一個大型行李箱，桌上放著一些盥洗用品。

「他昨天回來睡嗎？」羅探長忽然問。

「我本來沒注意，今天看報紙，才問店裡的人，他們都說三、四天沒看到他了。」

「三、四天沒有回來，也沒有辦退房手續，你不覺得情形可疑嗎？」

「我在三樓做生意，他們住在五樓，我是不太注意，不過，他原先就言明要租七天，並且擺下了一千元港紙在我這兒，所以……」

羅探長有點不悅，他不客氣地打斷他的話：

「此人來香港幹啥？觀光嗎？」

「是……他一邊觀光，也在我這兒買了些中藥海味回去。」

羅探長此時跨前一步，打開小桌子的抽屜，抽屜裡有一個皮夾子，上端露出機票和護照來。探長如獲至寶，欣喜於色，於是他取出護照，打開照片欄。果然，楊吉欣三個字赫然出現。

護照持有人來自台灣，一九五一年生，身高一七二公分，照片上的面目清秀而年輕，已婚。護照的簽名欄楊吉欣中英文二欄都簽。

探長聽施莫說楊吉欣曾用十張美金旅行支票跟他換港幣，腦筋一動，馬上問：

「楊吉欣的旅行支票你用掉了嗎？施先生。」

施莫想了一下，說：

「這幾天未到銀行，還在！」

「請借我看看如何？」

「在三樓公司裡。」

羅禮士探長拿了護照，把房門關好，一起下了樓。

「台灣人」貿易公司這時候門庭若市，擠滿了購物的台灣旅客，連通路都站滿了人。

施莫對羅探長苦笑，帶他穿過人群，繞到最後角落的一個小房間，那是他的辦公室。

兩人落座後，施莫打開一座小型保險箱，乖乖，裡面的鈔票眞多，美金港紙新台幣，五花十色。他在一疊美金支票裡翻了半天，終於找出楊吉欣的旅行支票來。

羅探長拿起來跟護照比對簽名，那正楷中略帶隸書的楊吉欣三個字，兩種簽名式完全一模一樣。

到此，羅探長已確定港灣浮屍就是台灣人楊吉欣沒有錯，他既然不把護照帶在身邊，就表示他沒有要離開香港的意思，而且房間的東西也未經收拾，這表示他隨時要回來，那麼，這樣的一去不回，是不是連死者也想不到的一種意外的結局呢？

再看看他的死亡狀況，楊吉欣被謀殺的死因十分充足。羅探長心頭放下一塊大石，因爲無名屍已找到身分，現在的難題是如何去大海撈針，從細末中找出一條線索來。

根據護照的記載，楊吉欣是首次出國，香港入境管理局給他的入境簽證是七天，項目是工商考察。他既然是第一次抵港，何以不去住飯店，而跑來這個要有門路的單幫客所住的無名客棧呢？

楊吉欣是爲了節省旅費嗎？還是另有目的？羅探長不能不從這兩個因素開始過濾。

「施先生，死者已能確定是楊吉欣，現在，請你仔細回想一下，他到達你這兒時，他有什麼特別的異狀嗎？比如說，你這家台灣人貿易公司，兼營五樓的客房出租，並沒有招牌，也沒有廣告，死者怎麼知道跑來投宿呢？」

「羅探長，事情是這樣的，」施莫有點尷尬地說：「我這家貿易公司，所經營的貨物和銷售對象，幾乎清一色都是台灣人，而這其間又有一半是跑單幫的，應顧客要求，才租下五樓分租給這些人，完全是服務性質，至於楊吉欣如何知道這個地方，他來時是特別跟我接洽的，因爲是生面孔，我便問他是誰介紹的，他當時好像說了一個姓陳的某人，我也沒有深究便租給他了。」

「有什麼特別的情況嗎？」

施莫低下頭想了一下，然後說：

「他跟我一樣，是道地的台灣人，操閩南語，中等身材，並沒有什麼特徵，如果要講他有什麼不一樣……哦，這個人有些奇怪的是，他指名要租一間大家戲謂的『伊麗莎白女皇套房』，這間房間多了一套洗面檯和抽水馬桶，它靠著馬路，是五樓所有房間最好的一間，我告訴他已租給別人了，還有他還問了一些房間的狀況，還有居住人的性質等等，我當時因爲事忙，隨便應付了他一下，也忘記探問他爲什麼要知道這些……」

羅探長凝神靜氣地聽著施莫的敘述，他一邊在聽，一邊在腦裡分析他話裡的疑點，等他說完了一段話，略爲思考便提出一個問題問他：

「現在誰住在伊麗莎白女皇套房呢？」

「是一個馬來西亞人，但他到台灣求學，後來也做起跑單幫的生意。對了，他娶了一個台灣人的太太，也曾經來過這裡，也在那套房住了幾天，後來，太太死了，他得了一筆保險金，便來香港長住了，他闊綽了起來，長期租下了那間套房，而且與人合夥在海運大廈開了一家叫『道坊』的精品店……」

「等等！」羅探長打斷施莫的話，表情嚴肅起來。「你說他得到了一筆保險金，他太太是怎麼死的呢？你知道嗎？」

「聽說是被他在台灣的房東謀殺的！」

「謀殺？」

「好像很不名譽……那人先姦後殺……」

羅探長沉默了下來，他從口袋裡拿出一支菸斗，又從皮包裡掏出一些濃郁的菸葉塞進菸斗裡，用打火機點了火，便大口大口的吸起來，一下子，香濃的菸味便瀰漫了室內。

「他叫什麼名字？」

「白里安。」

「他現在人在不在？」

「對了，我昨天聽他說，今天要回台灣去一下，恐怕已經走了。」

羅探長臉色有些轉變，眉頭蹙了一下，他下意識地用菸斗敲著桌面。

「這個人我要研究一下，我們現在上去看看。」探長說著站起來，等著施莫收拾桌上的東西。要出小房間時，探長又問：

「你有沒有那間房間的鑰匙？」

「有，有一把預備的。」

他倆便走出房間，在櫃枱上面掛著一排房間的鑰匙，施莫走近時，才看到一號房的鑰匙不見了。這時連施莫也驚異起來了。他問著旁邊的太太有沒有看到一號房的鑰匙，他太太收錢都來不及，便說沒有注意到幾時就不見了。

於是，施莫和羅探長直奔五樓，房門果然鎖著，雖然疑惑重重，但羅探長也不能破門而入。

羅探長在門外徘徊一陣，又看看五樓各個小房間的分布情形，口氣凝重地說：

「施先生，我看這位白里安先生有些要澄清的疑點，如果方便，請陪我到海運大廈一趟。」

「這，這……」施莫有些爲難的樣子，「我生意忙……」

「唉，不費你一個鐘頭，是吧？」

14 武士刀和貓頭鷹石

羅探長和施莫趕到了海運大廈，費了一些工夫，才找到了「道坊」精品店。

下午四點多，海運大廈的旅客不多，道坊精品店裡沒有半個客人，衹有周清紅和唐之菊兩個女人在看店。

周清紅看到施莫帶著一個陌生人進來，有點意外，她微微一楞後立即笑起來打招呼：

「唉呀，施老闆呀，什麼風把你吹來，我們這個店要發財囉！」

施莫也笑嘻嘻地跟她打招呼，他看著室內的貨品和擺設，很羨慕地說：

「哇！妳這個店很高級嘛，眞是不錯！」

「你過獎了！」周清紅客氣地說，然後看著跟在施莫後面的那個人。

「喔，對不起！他是羅先生，他想找白先生。」

羅探長馬上走上前來，微微點頭。

「哦，眞不巧，白先生他今天搭二點的飛機回台灣去了，有什麼事嗎？」

「對不起，要打擾妳。」羅探長說著從口袋掏出一個派司，在她眼前亮了亮，「我是尖沙咀分署的羅探長，昨天在天星碼頭發現的無名屍，已經證實是台灣人楊吉欣，而……」羅探長說話的時候，邊注意周清紅的反應，周清紅是有些震驚。「而楊吉欣這個人是台灣來的觀光客，而且就住在白先生的隔壁！」

「哎呀！」周清紅叫了一聲，用手撫住胸口，緊張地說：「那多可怕呀！」

「所以，我們想找白先生，看這幾天，他鄰房有什麼動靜沒有，提供一些線索。」

唐之菊雖然手上拿著一本《姊妹》雜誌，但並沒有在看，她一直聽著他們的對話，當她聽到羅探長說報紙大幅刊登的無名屍，是住在白里安的隔壁時，那本雜誌就從她的手上滑落了，臉色也很奇怪，這一些，羅探長也都看在眼裡。

「白先生大概要一個星期才能回來……」

「對不起，還沒請教妳的大名！」

「我……」周清紅有些猶豫，但還是說了，「我叫周清紅！」

「請問一下，妳跟白先生是什麼關係？」

「這個店，是我跟他合夥開的。」

「哦！那麼，妳有他房間的鑰匙嗎？」

這下可爲難她了，她是有夫之婦，擁有別人單身漢的房間鑰匙，她太難啓口，可是房東就在面前，他又知道她和他的關係，不便說謊。

「我是有一把……」

「妳結婚了嗎？」羅探長節外生枝地問。

「是……可是，我跟白先生是清白的……」

「我是不管這些的，」羅探長說，他反而漫不經心起來，他瀏覽著室內各個角落，連天花板都看著。「我想勞駕妳，去打開房間，讓我們看一下。」

周清紅知道現在要躲也躲不掉，祇好狠下心說：

「哪，現在就走嗎？」

「對，非常打擾和抱歉！」

周清紅就到櫃枱去拎了一個皮包，羅探長看著唐之菊問道：

「這位是？」

「哦，她是我們的職員，唐小姐。」周清紅向羅探長介紹著，接著又說：「唐小姐，我馬上回來，等下小弟回來，叫他不要再出去了。」

三個人出門的時候，唐之菊用一種困惑的眼光目送他們出去，似有企求。

羅探長在「伊麗莎白女皇套房」自然看不出所以然來，房間很整齊，床以外擺有小沙發和茶几，有一架十六吋的SONY牌電視機放在梳粧檯上，鏡旁還有一些化粧品之類的瓶瓶罐罐，和一只小型的黑色錄音機。

羅探長沒有搜索票，所以只能參觀參觀，他祇好把所見的印象，記在腦海裡，便告辭了。

晚上九點多鐘，羅探長正要下班的時候，他的同仁轉來了一個找他的電話，他抓起桌上的分機，照平常的口氣懶散地說：

「我是羅探長，你哪一位？」

「……我姓唐，是海運大廈道坊精品店的那位職員……」

話筒傳來的聲音很細，但可以感覺得出語音中有點微顫，懦怯中帶著緊張。羅探長一聽是道坊精品店的人，馬上想到下午那位欲言又止的小姐。

「哦，是，我知道妳，請問有什麼指教？」

「我剛剛下了班，我考慮了很久才打這個電話，下午聽你說天星碼頭的那個無名屍，是住在白先生的隔壁，我稍微推測一下，如果他已經死亡三天，那剛好……」

「怎麼樣？妳的線索很好，請妳繼續說。」羅探長吉人天相，他覺得這位唐小姐一定知道一些內幕，所以他反而緊張起來。

「前天早上我來上班的時候，店裡怪怪的，一直覺得有些地方不對勁，好像有一股腥味瀰漫著室內，許多擺飾都動過，而且最重要的一點，地上的瓷磚有些還是濕的，其中有一塊還從中斷了一條縫，這塊瓷磚在前一晚我下班時還是好好的，我覺得這裡一定出了什麼事情，我看到報紙報導死者後腦受著重物打擊，就想到我們店裡有一隻貓頭鷹石，也無端地缺了鼻子……」

「唐小姐，妳的意思是說，道坊精品店是謀殺案的現場？」羅探長愈聽愈興奮，他像一隻老狐狸似的，故意用口風套她。

「嗯，我衡量前因後果，因爲那死者我可能看過，前些天有個青年戴太陽眼鏡，穿黃色襯衫和卡其褲，老是來這裡窺伺，一定跟白先生或周小姐有關！第二天他就死了，那叫楊吉欣的港灣浮屍，不是也穿著卡其褲嗎？」

「對不起，妳的線索非常重要，能否請妳過來我們部裡一下，我們一同去申請搜索票，謝謝！」

「我，我只是猜測，而且，我不能露面和表明身分……」

「我知道，妳祇要向法官說，我申請到搜索票就好了，一定保密妳的身分。」

「……」

唐之菊當然還在猶豫，但是羅探長一再曉以大義，一再拜託，終於說動了她。

深夜十一時拿到搜索票後，羅探長帶著一位探員就開始找周清紅，在「伊麗莎白女皇套房」沒有看到她，趕到佐敦道周宅，把她從夢中驚起。

「對不起，周小姐，我們得到情報，楊吉欣可能死在『道坊』，那是第一現場，我們想請妳一道去看看。」

周清紅一時大驚失色，但是她還是怒斥著羅探長。

「羅探長，請你不要亂說，這可要負法律責任的……」

「我們有祕密證人，而且，」羅探長說著從口袋掏出一張白紙條，有官印和一行英文簽名，拿到周清紅的面前。「喏，這是法院的搜索票，務必合作。」

於是，周清紅無話可說，她很不情願地換了衣服，跟他們到「道坊」去。

海運大廈的正門已關閉，他們繞到港灣的側門進去，想不到從這裡進入，比從大門還近，這個緊急時的出路，離「道坊」精品店祇有三間店面遠。

這個發現使羅探長更驚奇，他心裡在想，如果「道坊」是第一現場，屍體從這裡拖出來，不到十碼就可到出路，而出路的外面走廊下，就是港灣，死者從這裡落下到天星碼頭，又是那麼近，祇要一夜的潮汐，啊，想到此，他驚呼了一聲，又往回頭去看看出路外面的大海。

此時的周清紅行動很僵硬，她像木偶般，一舉一動要受著羅探長的指揮，當她把大門打開了後，她站在店外發呆。

「周小姐，請妳把裡面所有的燈開亮！」

她帶他們進店內，機械般地打開燈。

室內頓時大放光明，聚光燈照著每樣特出的飾物，地板鋪著從義大利進口的瓷磚，四邊的牆壁和天花板，全部貼黑色的絨布。燈光沒照到的地方，漆黑一片。

羅探長在室內巡視了一遍，便找著唐小姐所說的地磚裂縫，瓷磚是青藍色，在燈光下冷冷發光，可是就是看不到有一塊斷裂的，後來探長推開一只圓凳子，果然，一塊十八公分正方的瓷磚，從斜邊斷掉形成一條細縫，縫裡可看到黑色的污垢。

「周小姐，這塊破碎的瓷磚看起來是新痕，妳記得是在什麼情況之下破裂的嗎？」羅探長蹲在地上，抬起頭問道。

周清紅支支吾吾地說：

「不曉得幾時破的，可能是我不在時摔破的吧……這有什麼關係嗎？」

「對不起，我要敲開這塊瓷磚，裂縫裡好像有血跡……」

羅探長帶來的探員，正傻頭傻腦地用手電筒東照西照，忽然發現新大陸似地叫著：

「探長，探長，你看，上面的天花板有塊水漬浸透而形成的疤，顏色暗紅，你看那是不是血跡？」

羅探長站起來，他拖過來圓凳子，站上去，探員用手電筒照著給他看，因爲室內的燈都是投光燈，因此天花板上面如果沒有手電筒照射，是什麼也看不到的。

探長用手摸摸那塊地方，然後又在鼻孔下聞著，點點頭說：

「這有可能，拿刀片割下來，攜回去化驗，如果是血跡，如果是跟楊吉欣的血型相同……」說著，他故意狡猾地笑起來。

周清紅雖然仍很鎮靜，但仔細觀察，仍不難發現她面露懼色，她緊抱著皮包站在門口。

「老弟，你找個起子過來，我要挖開這塊瓷磚，我斷定這是第一現場，有搏鬥的痕跡，所以下面一定有死者的血跡。」

年輕的探員向周清紅要工具，周清紅緊閉著嘴巴不說話，探員無奈，祇好去櫃枱下亂找一氣。

「周小姐，聽祕密證人說，妳這裡有一隻貓頭鷹石，斷了鼻子……」

羅探長話未講完，周清紅從鼻孔裡哼出一句惡狠狠的話：

「唐……之菊，這賤人……」

「在哪兒，妳說了，省得我們東翻西攪的。」

「如果有這樣東西，祇有在這房間裡面，你們自己找啊……」

「如果妳不合作，我們當然自己動手，不過，我看妳難避嫌疑了。」

羅探長口氣很重，而且用很銳利的眼光掃視著周清紅，他說罷，就和他的夥伴開始找東西了。

一個用不鏽鋼條做骨架，墊著玻璃的飾物架上，擺了一些古玩，有仿明朝的瓷盤，也有仿乾隆年代的景泰藍陶壺。在靠近牆壁的地方，一團灰色粗糙的石頭，由於石頭上端有對圓圈圈，形狀很像貓頭鷹的眼睛，中間突出來的地方一定就仿若鼻子，雖然現在已斷掉了。

果然沒有錯，唐小姐疑為凶器的就是這隻貓頭鷹石。

羅探長看著它，對探員洋洋得意地說：

「這是死者兩處致命傷的一個，遭受重物襲擊的就是這個東西，可能凶手用力過猛，或在碰擊死者時敲斷了鼻子，或是掉到地上砸裂了瓷磚，夥計，戴起手套，把這個也拿回去化驗。現在，我們還要找出死者頭部動脈被利器所砍斷的刀刃……」

「凶器還會留在現場嗎？」探員質疑地問。

「也說不一定，因為事出突然，像貓頭鷹石可能捨不得丟棄，不也是留下來了嗎？」

「是刀嗎？」

「死者頸部幾乎被切斷，力道強勁，我看是長刀之類的……」

「像武士刀嗎？」

「對了，就是武士刀！」羅探長高呼起來，他剛好看到牆上掛著一把武士刀。

「周小姐……」

羅探長欣喜於色地叫著周清紅，他轉過頭去，才發現門口已經沒有人，周清紅不見了。

「糟了，趕快追！」

兩個人一起追出門外，長廊上一個人影都沒有，倒是出路的大門剛剛闔上。

羅探長使個眼色，快步衝向出路，室外下去的樓梯，周清紅的影子急急地在奔跑。

羅探長到底是男人，周清紅跑到底層的時候被他抓住，她拚命地要掙脫，他攬腰而抱，呼吸氣喘如牛。

底層的外廊已接近海水沖擊的地方，潮聲細碎，燈光淒迷，遠方的輪船笛音悠揚。

周清紅掙扎了一陣子，氣力用盡，等她鬆弛下來，她終於崩潰了，哭嚎的坐在水泥地上。

羅探長靠著欄杆舒坦了一口氣，然後命令著他的探員說：

「你回去現場看好，順便打電話請化驗組的人來幫忙，她由我處理好了。」

探員敬個禮，就往上面的樓梯跨步跑去。

羅探長一面調整呼吸，一面等周清紅哭夠。在沒有押回署裡以前，他忍不住地問道：

「妳當然有權保持緘默，但是我現在想知道，這個台灣人，什麼事使妳狠下心殺他呢？」

周清紅神情茫然，等了一會兒，她才幽幽地說：

「他不是我殺的，我祇拿貓頭鷹石砸他，用武士刀砍他的人已經回台灣，你別想抓他了，哈哈……」

「妳既然承認妳用貓頭鷹石砸他，那麼死者的面目稀爛，也是妳砸的吧！」

「哼！我應該挖出他的心……」

「我們既然找到了現場，證據又那麼多，逃不了我們化驗員的科學分析的……我再請問妳一下，屍體就是從這裡丟下海的嗎？」

周清紅翻了一下白眼，眼睛向上吊。

「是，從上面……」

「我不懂，爲什麼你們要置他於死地，有什麼血海深仇嗎？」

「可惡，他來敲詐我們，要二百五十萬！哼！要二百五十萬元，該死的東西！他要毀了我的白里安……」

15 自投羅網

話說白里安把楊吉欣處理完畢後的第三天下午，他趕搭華航的班機奔回台北。楊吉欣死前威脅他，說錄音帶已寄回給他的老婆陳翠，爲了一勞永逸，他必須在陳翠未收到這個錄音帶前攔劫下來。

香港到台灣的航空快遞，快則三天，如果加個掛號，總要四、五天。因此白里安跟周清紅商量好，一定要想個辦法在台灣先弄到這個郵包。

說來白里安運氣也眞好，在他剛踏上飛機時，死者身分暴露，羅探長就已經到他的店找到周清紅了，再慢一步，白里安就走不成了。

飛機四點半在桃園國際機場降落，白里安的心情並不輕鬆，台北，他已經半年多沒有回來，雖然機場的一切如舊，可是心境卻跟以前不同了，當他站在入境大廈的門前，對著一片白花花的陽光，他的心懷著歉疚和不安。

到了台北的行動步驟，早在香港時就已計畫好，即使在飛機上，他也一再反覆檢討。而現在驅車到台北市的途中，他反而徬徨了。

白里安到台北的第一件事，就是住進飯店，馬上跟香港的周清紅聯絡，溝通那邊的訊息，其中最重要的是，周清紅要從香港打個電話給陳翠，問她收到楊吉欣所寄的東西沒有？白里安急須知道這個消息。他們計畫中當然是尚未收到，然後他就要守株待兔了。

公路局在希爾頓飯店附近停下，白里安便住進懷寧街的一家小飯店，未及停留，他便撥國際台電話，打到道坊精品店找周清紅。

電話接通了，接電話的人不是周清紅而是唐之菊。唐之菊在電話中有點慌張地說：

「白先生，我緊張死了，剛剛有一個探長來店裡問話，後來又請周姊帶他到你住的地方，要看看，說是天星碼頭的無名屍，查出是台灣人，而且就住在你的隔壁……」

「哦，哦……」白里安的聲音在喉嚨間打轉，祇覺得一顆心直往下掉，呼吸無端地快速起來。

「白——里安，你在聽嗎？我看你辦好事要趕快回來囉！」

「怎麼這樣倒楣……等一下周清紅回來，妳叫她不要走，我還要打電話給她，知道嗎？再見！」

白里安放下電話，便癱在床頭上，心想，完了，一切都完了，爲什麼已經毀了容，還那麼快就查出死者是台灣人楊吉欣呢？難道是天網恢恢，疏而不漏嗎？

天色已晚，對街的霓虹燈閃亮個不停。白里安一邊抽菸，一邊想到陳翠這個人，記得一年前，他帶李卻要出國旅行時，她們曾在世紀飯店請他和李卻吃飯，當時的陳翠，好像穿著一件棉織圓領衫，身材很豐滿，是一個很新潮和嬌豔的女孩；沒想到，現在變成了他的敵人，他要想辦法從她的手中攔回那捲錄音帶；白里安的禍福，幾乎就操縱在她的手裡，命運眞是作弄人！

白里安在心裡深深地感嘆著，看看錶，時間又過去了一個小時，他立即又撥電話到香港「道坊」精品店。

這次接電話的是周清紅，白里安便哇啦哇啦地大叫起來了：

「清紅，我剛剛已打過電話，妳不在，唐小姐說什麼已經查出死者的名字了，而且找到我，說什麼探長要妳帶他們去搜查我的房間……」

「白里安！」周清紅反應很沉著，她壓低聲音，用台灣話鎭靜地說道：「你不要緊張，仔細聽著，他們只是找到死者的身分，和查到住在你的隔壁而已，其他什麼都不知道，你不要自亂陣腳，到現在爲止，一點破綻都沒有，我們隨時保持聯絡，以後電話就打到我家好了，還有，我不想再打長途電話到台灣，怕有紀錄，所以要問陳翠有沒有收到東西，你要自己打電話去問了，電話中不好說，反正你自己想出一套理由來，也不能表露身分，如果尚未收到，一切就照計畫行事。小心啊，小心啊，拿到東西後，馬上毀掉，但你不要貿貿然地回來，要等我的消息，知道嗎？」

「我知道，我知道，我等一下就打電話給陳翠，結果如何，如果我沒有打電話給妳，就是表示她還未收到東西，一切照計畫進行……」

「不要緊張，白里安，放心去做，我等你回來，里安——我愛你。」

這時候的白里安並不為這句話而感動，可是，無意間，眼角竟然湧現淚水。

白里安走出旅館，他在附近一家清眞牛肉麵館隨便吃了一碗牛肉麵，又在街上晃啊晃的，到了十點鐘左右，回到了旅館，他的心裡終於準備好，思慮再三，他於是撥電話給陳翠。

打通了對方電話，才嘟了一聲，話筒便拿起來，但是對方沒有出聲。

「嗯，小翠嗎？我是阿吉啦！」白里安用手指揑住鼻孔，假冒楊吉欣的聲音說。

對方好像嚇了一跳，停了一下，然後用微顫的聲音說道：

「你是阿吉嗎……你在哪裡呀？」

「我在香港啊，小翠，一切都很好，我大概明天或後天就可以回去……對了，我寄給妳的一捲錄音帶收到了沒有？」

「……錄音帶……沒有啊！」

「沒有也好，現在已經不需要了，沒關係！」

「喂——你眞的是楊吉欣嗎？聲音不像呀！」

「國際電話嘛，又隔那麼遠，大概聲音有點不一樣，好了，我明後天就要回去了，這是直撥電話，說多久就多久，分秒計算，電話費很貴呢！小翠，再見！」

「你……你還在香港……」話沒說完，緊張得被什麼哽住了似的。

白里安不說一句話，咔地一聲，把電話掛斷了。

他站起來深深地吸一口氣，精神也放鬆了一些，到底，她還沒收到要命的錄音帶。現在只等明天，當郵差開始出動的時候……

陳翠住在牯嶺街一條小巷子裡，另一邊通重慶南路，全長不到二百公尺，巷子裡頭都是四層樓的公寓房子，斜斜倚立，使巷子顯得更狹窄。

白里安不敢大意，清晨八點不到，他就依址找到了這個地方。台灣的郵政很發達，平信一天可送至二次，限時或快遞就不限次數了，通常郵差九時從郵局出門，分派到各個區域，大致在九點半以後了。楊吉欣有可能寄快遞，所以他提早出門。陳翠住在三十一號的二樓，剛好是巷子的中央。白里安在巷子來回地巡視了幾次，觀察地形。三十一號的公寓通往二、三、四樓的大門漆著紅色，但有些破敗，大門的對講機可能壞掉了，因此有人出入均未曾關好上鎖。三十一號對面是同一批蓋的公寓房子，新舊情況一樣，不過對面的人好像文雅一點，陽台均種植了一些花草，二樓的那一戶，有個老頭子，很認眞地給花澆水和剪枝。

隨著時間一分一秒地過去，白里安愈來愈緊張，每次有腳踏車鈴聲響起，他的心都像被撥弄的琴絃一樣，餘震不止。

白里安頭上戴著一頂昨天晚上在飯店買的野戰帽，帽尖很寬大，可以遮住上半邊的臉，如果從二樓往下看，根本就看不到臉蛋了。白里安跟陳翠見過幾次面，他必得防範不給她認出才行，至少在行動前不能給她認出。

二十九號的門口停了一輛小汽車，白里安就斜靠在那裡抽菸，三十一號門口有幾個年輕人進出，還有買菜的家庭主婦，其他很少動靜了，每次有閒人來往出入，他便下意識地低下頭，躲開他們的視線。

十時左右，穿綠色制服的郵差終於在巷口出現了，腳踏車上放著一袋郵件，他逐戶逐信箱地塞，信箱塞不進去的印刷品，便在對講機上按電鈴，如果是掛號，郵差有時候還朝樓上吆喝著收件人的姓名和門牌號碼。

白里安緊張地看著郵差愈走愈近，等到他送到二十七號時，白里安閃進二十九號和三十一號中間的樓梯間裡，這二戶樓上以上的信箱，就掛在裡邊的牆上，他就站在信箱邊，等郵差進來。

郵差很年輕，吹著口哨進來，顯得很快樂，他看到白里安站在那裡，眼光露出一種奇怪的顏色，但不覺得意外，依舊做著他分信的工作。

「請問你有三十一號二樓的信嗎？」

郵差手中拿著一堆信，其中有件像書本大小的包裹，他看著那件包裹上所寫的姓名地址。

「叫什麼名字？」郵差不經心地問。

「楊吉欣！」

「有一件香港來的掛號，是叫陳翠的嗎？」

郵差用懷疑的眼光看他，這時進來了兩個身材魁梧的年輕人，站在大門口。白里安看著這兩個人，他怕他們是住在這一幢樓的人，認識楊吉欣，所以不敢亂講，猶豫了一下便說：

「哦，陳翠是我的嫂子，我能代領嗎？」

「不可以，要本人蓋章才行的。」

白里安整個人都涼了，他本來的計畫是要在這樓梯間詐取這件包裹的，如果不行，祇有霸王硬上弓，可是怎麼門口忽然來了這麼兩個年輕人在看熱鬧，使他不能動手。

他只好訕訕地說：

「那麼，我拿上去給我嫂子蓋章好了。」

「不行！」郵差不同意地說，可是旁邊的一個年輕人卻插嘴道：

「給他拿上去有什麼關係，我就住在他們的對門，我陪他上去好了。」

那人神情怪怪的，說話好像在開玩笑似的，可是郵差竟然同意了。當白里安從他的手中接過那件薄薄的包裹時，他覺得那件東西，竟是那麼的沉重。

現在，白里安到了一個進退維谷的境地，他只好捧著那件小包裹戰戰兢兢地上樓，腦海裡轉著要如何在二樓擺脫跟在後面的這兩個人。

到了二樓的樓梯間，一個不祥的感應自他心中滋生，同時，他看到對面二樓那個在陽台上澆花的人，很緊張地對著這邊猛搖手。

糟了，他們是？他剛要往後退一步，後面的兩個人便擁上來，從兩邊把他架住，其中有一個人說：

「白先生，請不要動了！」

這時候二樓的房門也打開了，開門的更是讓他大吃一驚，原來那人便是一年多前辦李卻命案的李組長。

「白里安，好久不見了，想不到會在這兒見面吧！」他輕鬆地以遇到故舊的語氣說道。

白里安頓覺眼前一黑，這是他的世界末日嗎？他知道一切均已揭穿了，然而，爲什麼呢？爲什麼他們會發現得這麼早？爲什麼呢？他自己在內心裡嘶喊著。

他們把他架進楊吉欣的屋裡，並且把他上了手銬。白里安頹喪極了，他像一個洩了氣的皮球，連站都站不穩。

在沙發上坐著一個大肚子的婦人顫巍巍地站起來，她哭腫了眼睛，嘶啞著聲音對著白里安而來：

「你啊！眞是一個狼心狗肺的東西，你害死了李卻，又殺死了我先生楊吉欣……」話未及說完，她便暈倒了過去。

經她一罵，白里安才看出她是陳翠，浮腫變形的臉容已失去了青春的光彩，約有五個月身孕的肚子，使她看起來像一個中年婦女。

可是，從昨天下午他離開香港到現在，爲什麼變化這麼大，他計畫在今天拿到錄音帶，危機便解除，但是毛病出在哪兒啊，他眞是大惑不解。

「白里安，我們從未想到你這麼狠，雖然李卻命案當時也對你存有若干疑點，但是一切都被你的房東頂罪了，你運氣眞是不錯——然而，現在可是你的霉運當頭了，你一定疑惑爲什麼我們知道你在香港殺了楊吉欣，知道你會回來這裡自投羅網，是吧？」

李組長很得意地說著，他讓白里安在他對面的沙發坐下，兩個刑事也在他旁邊坐著，把他夾在中間。

白里安嘴角流著口涎，狼狽極了，但他已無意控制自己，他只愣愣問道：

「是呀，爲什麼你們知道我要來這裡呢？」

「這個暫且不談，我們先聽聽你的殺人自白吧！」

這時剛剛在對面澆花的人也跑過來了，他當然也是刑事組的人。他接過包裹看了看，然後很小心地拆開牛皮紙，果然一捲卡式的錄音帶，被好幾層透明塑膠袋包著。

他小心翼翼地拿出來在手上一揚，對白里安說：

「白先生，就是這個東西要你的命！」

一個組員拿過來一台小型錄放音機，打開了匣盤，當他把錄音帶放進去時，李組長關照著被一個老婦人扶著的陳翠：

「楊太太，妳也注意聽，這是妳先生用生命換來的東西，也是這個惡棍要接受法律制裁的證據，來，現在我們就放出來聽……」

錄音帶轉動的時候，白里安的聲音便從機子裡流瀉出來。這當然就是他在「伊麗莎白女皇套房」的那段自白，聲音清晰，又充滿了煽情，但是所有在傾聽的人，全部貫注在白里安自述他用計謀殺他太太李卻的經過。

白里安把臉仰靠在沙發椅上，痛苦極了，他那自己的聲音，像一把利刃，在割鋸他的心肺。

錄音帶不久就放完，大家都呼了一口氣，陳翠鐵青著臉，疲弱地說：

「白里——安，李卻是你太太呀，你怎麼可能呢？爲了五百萬，你就……」

白里安突然一抬頭，他憎恨地說：

「陳翠，我可不是完全爲了五百萬，李卻她自己吃藥中毒了，她把我害得好慘，丟盡了我的面子，丟到檳城我父母的面前，我跟她生活在一起是一場噩夢，我……」

「所以你就計畫把她殺了，白里安！」李組長接下去說：「可是，你爲什麼又把楊吉欣殺了呢？」

「哼！楊吉欣跑到香港用這捲錄音帶敲詐我，要我把五百萬的保險金分給他一半，我不同意，第一，我錢已花光了，第二，另外一個人也不同意……」

「另外一個人是周清紅嗎？」

「啊！你怎麼知道？」

「這樣吧，白里安，事情的經過就讓我告訴你吧！」李組長悠閒地說。

這時候，公寓的大門已經關起來，室內的人都各自找了位置坐下來，好像準備要聽一場重要的演講。

「事情最早要回溯到楊吉欣錄到你殺人自白的那個早上，楊吉欣把錄音帶拷貝了一份寄回台灣的同時，他便打一個電話給陳翠，說他已經找到了你殺妻的證據，就在寄回去的錄音帶裡，楊吉欣很細心，他怕萬一有意外，便交代陳翠，在他未回台灣以前，如果接到你或周清紅的電話，不管內容是什麼，都表示他處境危險，要立即報警，當然他還交代，在他沒有回到家以前，如果你們先出現了，就表示他已遭到不測，要特別保護那捲錄音帶，說你有可能回來台灣攔劫，眞是不幸而言中。昨天晚上，你假冒楊吉欣從香港打電話給陳翠，她就嚇壞了，她雖然未能聽出你的聲音，但絕不是楊吉欣的，因為楊吉欣是本省人，他在家叫他太太的名字是陳翠而不是小翠，而且他太太叫楊吉欣也不是稱呼阿吉，而是叫『不吉』，你懂台灣話，你當然知道『不吉』是自我戲謔的一種暱稱，作夢也想不到如此稱呼吧！所以陳翠發現情形不妙，立即打國際電話到香港楊吉欣的住處，接話的人是房東，房東告訴她，說楊吉欣已經被謀殺了，香港報紙今天都登了出來，難道沒有看到……陳翠聽到了這個消息，她即刻暈了過去，她的家人把她救醒以後，又商量了一陣，今天凌晨，她才打電話給我。我和值班的同事馬上研判案情，立即打個電話到香港警署，案情已經明朗，凶手之一的周清紅已經就逮，而且凶器和現場均已尋獲。」

李組長停了下來，看白里安的反應。

「怎麼會呢？怎麼會呢……」白里安呢喃著。

「而且最重要的，那邊提供消息，說你已在昨天下午返回台灣，恐有不良企圖，要我們特別注意，後來我們跟昨晚上打給陳翠的那個神祕電話互相印證，那神祕人問陳翠收到錄音帶沒有，我們即斷定那一定是你——白里安，你既然已經回到台灣，而且香港已經東窗事發，你也回不去了，在台灣只好孤注一擲，所以你的意圖太明顯了，今天一早我們馬上到郵局去查，果然楊吉欣所寄的郵件已到，正好早上要投遞，我們立即請求郵局合作，郵差雖然是正式的郵差，可是在現場左右，巷口巷尾，卻全部是我們的人了。白里安——這就是結果，正是應了台灣的一句俗語：歹路不通行啊！」

白里安知道大勢已去，全身癱瘓在沙發上，他想：完了，此生不是被槍斃，就是這一輩子要關在黑暗的監牢裡，面對無奈孤寂的歲月，了此殘生。

祇是，他不明白，爲什麼一具無名屍，又是面目全毀的無頭案件，又在異國，竟然在一天之間，會眞相大白呢？白里安一輩子也想不到，這完全起因楊吉欣熱愛書法和具有強烈的台灣意識和愛鄉觀念，他在每一件每一項自己喜愛的物品上，包括他死時所穿的那條卡其褲，都用毛筆寫著：台灣人楊吉欣。

本文故事、人物全屬虛構，如有巧合，純屬雷同。

發表於《中國時報美洲版》、《台灣時報副刊》、《新加坡聯合晚報》

一九八四年四月十日林白出版社初版

東澳之鷹

飛翔在懸崖上的鷹鷲
姿態優美
而當牠凌空俯衝下平野
剎那間，銳利的眼，
鉤的鼻，利的爪

1

當陳冬貴筋疲力盡地收拾桌上的卷宗和公文時，離下班的時間還有五分鐘，這時候他對面科長桌上的電話響了起來，科長已經走了，而且他心裡也有數，一定是他太太打來的電話，他探過身子把話筒拿起來。

「喂，喂……」話筒裡傳來尖銳的聲音：「怎麼搞的，什麼機關嘛，眞是沒有效率，這麼慢……是陳冬貴嗎？冬貴，我是慕蘭，告訴你啊，晚上我不能回去吃飯了。公司裡來了幾位外國客人，老闆要我作陪……你到托兒所把冬冬帶回來，記得給他洗澡，自己弄飯吃，不要到外邊去吃喔，外面的洗碗水太髒了……」

陳冬貴接受這機關槍似的連珠炮，他連還話的餘地都沒有。他只是在心裡想著，自從慕蘭轉到這家貿易公司後，一個星期總有三、四天晚上不能回來吃飯，不是公司聚餐，就是外國客戶來。陳冬貴起初當然也會抱怨，但是每次經他太太慕蘭一頓搶白，他也就習慣了。他太太常說：

「怎麼，我做的是祕書工作，陪老闆應付外國人在外面吃飯是我的職責啊……再說，我的薪水多你一倍多，想想你在什麼公家機關搞什麼文書工作，要靠你啊，大家只能喝西北風了……」

所以，做丈夫的陳冬貴就規規矩矩地做著太太所吩咐的一切事情，任勞任怨。後來逐漸演變成女主外男主內了，祇是，陳冬貴主內以外，他白天還是個要上班的公務員呢！

「太太……」陳冬貴關懷地說：「晚一點回來沒關係，但是不要喝太多酒……」

「冬貴，我當然不願喝酒，你以爲酒好喝的嗎？祇是在那種場面，大家敬你，你能不喝嗎？好了好了，再見！你趕快去帶冬冬回來……」

冬冬已經五歲，他在家附近上幼稚園大班，由於兩個人都在上班，所以冬冬就一直待到他們下班時間自己去接回來。冬冬很乖巧，看到爸爸一個人騎摩托車來，快樂的臉蛋馬上一沉。

「媽媽呢？」

「媽媽在加班，爸爸帶你回去。」

「媽媽又去喝酒……」

「冬冬，不要亂講……」

父子兩個在家裡弄了蛋炒飯和青菜豆腐湯塡飽了肚子，父親教他看圖識字，又說了一大堆童話故事，直到九點多鐘冬冬才上床睡覺，等到一切都安靜下來，陳冬貴才想起太太還沒回來。他泡了一杯茶，坐在電視機前無聊地看著，心裡在想，吃個飯九點鐘應該散局了吧！他在嘀咕中睡著了，迷迷糊糊中，一陣響亮的敲門聲把他驚醒。

陳冬貴站起來去開門的時候看看錶，已經十一點了。他一怔，門一打開，他太太像一條水蛇似的把整個身體倒在他身上，滿嘴的酒臭直噴著他的臉，一件露肩的洋裝斜了一邊，他用力把她抱起來，拖到臥房去。

彭慕蘭已經爛醉如泥，但是躺在床上的她一直想講話，又笑又呢喃，斷斷續續的：「在香格——里拉的隨園，我們喝了——喝了許多花雕，後來，後來又到老外的房間去喝約翰走路，後來，後來大家都醉了……有一個老外直盯我——對我說：I Need, Tonight. 眞是笑——死了，樂死——了……」

直躺在床沿的彭慕蘭在醉得不省人事的時候說了這一段話，像一枝箭鏃，穿透了陳冬貴的心，他頓覺他的心在滴血。彭慕蘭以前不是沒有醉過回來，祇是回來時發發脾氣，躺著就睡了，沒想到這次還發了這樣的囈語。

陳冬貴看著彭慕蘭，他傻楞楞的，並沒有痛苦和悲慘的感覺，他祇感到一陣無望——

對著她，他覺得她太陌生了！實在不像跟自己已經共同生活七年，並且生育了一個兒子的夫妻關係。

彭慕蘭翻個身，突然打個呃，仰起臉來想嘔吐，陳冬貴過去扶她，然後用手一直燙平她的胸部，可能是陳冬貴的手在揉搓她的胸部使她有所感覺，她翻個白眼看他，充滿了嬌慵和媚態。

「我不是說不要喝這麼多酒嗎？看妳這麼難過，眞是何苦……」陳冬貴嘴巴念著，不知對誰說。

「我眞是——樂死了，樂——死了，我才不難過呢，I Need, Tonight……」

陳冬貴到冰箱裡倒了一杯冰水，拿了一條濕毛巾，給她喝下去後，她才比較平靜下來，他把她的身體翻過去，從背後拉開她洋裝的拉鍊，他幫她褪下了上衣，神情無奈的他突然一怔，他看到妻子白皙的背部很光滑，可是胸罩的鈕釦卻是散開的。陳冬貴腦海裡閃過許多影像，一陣辛酸苦澀的滋味全部襲上心頭。

他還是慢慢地把她的衣服脫下，拿開歪在她乳房的胸罩，彭慕蘭兩隻豐滿的胸脯直挺在那兒，在粉紅色的柔和燈光下，隨著呼吸的上下起伏微微顫動，實在是很迷人的，可是現在的陳冬貴沒有慾念，當他眼光停在她乳頭時，他發現她的乳房乳暈靠近乳溝地方，有一處充血的唇印，像兩片薔薇瓣那麼明顯。

驚慌和惆悵之間，陳冬貴的眼眶，不自禁的湧出一顆眼淚，碎在她裸露的肉體上。

他不知道怎樣把她收拾好的，當他和衣躺下時，他的思潮還起伏不止。

突然間，電話尖銳的鈴聲使他微微一驚，他伸過手拿起床頭的電話。

「喂——」

對方一陣沉默，然後傳來一陣濃濁的聲音：「中國成語說紅杏出牆，就是說紅杏出牆……」

「喂，喂，你是誰？」

對方的話靜止了，但是可以清晰地聽到緊張而急促的呼吸聲。一會兒，傳來掛下話筒的喀嗒聲。

次晨，彭慕蘭到八點鐘才醒來，一睜開眼就直喊頭痛，陳冬貴坐在床頭看她，他幾乎是一夜無眠，七點鐘的時候他把冬冬送去幼稚園，回來就一直坐在那裡看她。整個夜裡他考慮著，等她醒來後是否要興師問罪，也做了好幾個結論。可是當她醒來時，他祇是漠然地看著她。

「唉喲！已經八點了，也不早點叫醒我，你看，我還要上一號，還要化妝，怎麼來得及呢？眞是……」說著起了床，披上一件睡袍，來不及穿拖鞋，就往廁所跑去，幾乎一眼也沒看過陳冬貴。

一切都很平靜，好像昨晚一點事都沒有發生過一樣。後來，他們也沒什麼話好說，等彭慕蘭準備就緒，陳冬貴照例就用摩托車把她送到辦公室去。

路上，陳冬貴顯得好沉默，而他太太衹是詢問著冬冬在幼稚園的事。

彭慕蘭一直不提昨晚的事，陳冬貴也決定不主動去問她。他心裡所有的疑問，全要自己去解決。

沉默並不代表平靜，陳冬貴的內心從此一直翻騰著，腦海裡不時閃現一個毛茸茸的白種男人，油腔滑調地說著：「I Need, Tonight.」這樣令人噁心的英語……

2

事情過了好幾個月。十月，假期及節日特別多。國慶日前夕彭慕蘭下班回家後，興高采烈地對陳冬貴說：「今年國慶日剛好和星期日連在一起，一共有三天的假期，公司因此包了一輛遊覽車，招待員工旅遊三天，從蘇花公路到花蓮，然後經橫貫公路到台中回來。」彭慕蘭滔滔不絕地說，根本沒看陳冬貴的臉色。近年來，她變得跋扈異常，陳冬貴在她的心目中，簡直就是一條看家狗。「老闆命令我一定要參加，哼，老闆對我特別好，因爲這個公司幾乎完全是我在撐著。」

彭慕蘭總算把話告一段落，才看到陳冬貴手裡拿著一碗米，正準備下鍋煮飯。

陳冬貴訕訕地說：

「沒想到妳今天這麼早回來，所以提早準備煮飯。」

彭慕蘭有點不高興，她往沙發一癱，仰視著陳冬貴不起勁地問：

「你到底有沒有聽到我剛才說的話啊？」

「有啊！」

「你表示點意見呀！」

「好啊！妳去玩幾天吧！」

「那麼，冬冬就交給你啦！」

「是。」

陳冬貴答完了話，就朝廚房走去，沒走幾步，彭慕蘭叫住他，綻開一臉曖昧的笑容，帶點輕浮地問：

「冬貴，你不想跟我一道去玩幾天嗎？」

陳冬貴若有所思，本來想講些什麼話，但到嘴邊又嚥了回去，改口說：

著：

「不，我不能去，國慶日要參加遊行，我們科長要我去，跑不掉的。」

這時冬冬從臥室裡跑出來，看到媽媽有點怯生。媽媽倒表現得很熱絡、親切地叫著：

「冬冬啊，媽媽回來這麼久才看到你，快過來給媽媽親一下。」

冬冬走到她跟前，媽媽一把把他摟進懷裡，親著他的小嘴，冬冬卻扭著躲開，說：

「媽媽的嘴好臭。」

彭慕蘭聽到這句話馬上臉色一變，拍的一聲，一個巴掌打在冬冬的小臉上。

「胡說八道！怎麼可以對媽媽說這種話。」

冬冬嚇哭了，跑過去抱住爸爸的大腿，陳冬貴才略有慍色地說：

「五歲的小孩子嘛，怎麼這樣就打他，本來就是妳的香菸抽多了嘛！」

「眞是造反了。」

就這樣，彭慕蘭一直坐在沙發上生悶氣，陳冬貴忙著到廚房弄菜飯去了。

晚飯吃得並不愉快，大家默默地吃著飯，小傢伙先吃飽，溜到客廳去看電視。陳冬貴楞楞地說：

「吃過飯我把冬冬帶到媽媽家去，明天一早我送妳去搭車，然後就去參加遊行，這樣比較方便。」

彭慕蘭仍然一聲不響。

陳冬貴收拾完餐桌後，就把冬冬送到母親家去，臨走前，他叫冬冬跟媽媽說再見，冬冬乖乖地走到媽媽面前，撒嬌地說一聲：

「媽媽，再見！」

媽媽並不太熱中，揮揮手：

「好了，再見！媽媽明天到花蓮去玩，要好幾天才回來，我給你買花蓮薯。在奶奶家要聽話，晚上睡覺時不要踢被……」

站在門口的陳冬貴，聽著他們母子的對話，覺得有點依依不捨，他別過臉去。

3

第二天早晨六點多，天氣很熱，陽光還罩著一層薄霧。陳冬貴用摩托車送太太到公司的大樓下搭遊覽車。彭慕蘭一身旅遊的打扮，她穿著一件淺藍色的尼龍緊身長褲，上身是一件棉質的圓領T恤，把她豐滿的身材襯托得曲線畢露，頸間還繫著一條紅色絲巾，看起來摩登得很，不像一個五歲小孩的媽媽。

樸實的陳冬貴穿著隨便，他仍然不改騎摩托車時要穿夾克和戴手套的習慣。祇是他今天有點心神不定，他的眼神飄忽，昨夜他一夜無眠，爲的是他的太太要出外旅行幾天，跟著某人遊山玩水而不愉快嗎？

到了公司大樓下，遊覽車已升火待發，車上已擠滿了人，彭慕蘭熱絡地跟他們打招呼，然後一個肥肥胖胖、穿著西裝的中年人從車上走下來，以一種詭異的眼神看著陳冬貴。彭慕蘭朝他點點頭，然後展開笑容忙著介紹：

「冬貴，這是我們老闆龔鴻基先生，這是我先生。」

兩個男人握了握手，陳冬貴說：

「內子承您多加照顧，非常感謝。」

龔鴻基露出一個很奇怪的笑，忙不迭地說：

「哪裡，哪裡！彭小姐很能幹，幫公司做了很多事，我們公司上下都喜歡她。」

喜歡，那當然。陳冬貴想。

偶然一抬頭，他看到車窗內一個年輕人直盯視著他，神情怪異，有點氣憤和敵視，他穿著一件黃色港衫。

「陳先生，我是龔太太，很早就想認識你……」正當陳冬貴在發楞時，一陣尖銳的聲音打斷他。他調回視線，站在龔鴻基身邊是個瘦削的女人，因為太瘦，整個顴骨都露出來，臉部因而呈現三角形。在一般人的印象裡，這是屬於刻薄的臉形，和她的尖銳聲音很相配。

可是，龔鴻基不讓他太太說話，忙著推她上車。

七時正，遊覽車準時開車，陳冬貴站在一陣白霧中，目送著遊覽車載著他快樂的妻子，絕塵而去。

4

彭慕蘭上班的公司是一家專門做成衣外銷的小型貿易公司，整個公司的全部員工，加起來還坐不滿一輛遊覽車，這次旅行，還是龔老闆在去年就答應的。

現在，他們攜家帶眷，整輛車鬧哄哄的，開始了這次神祕而充滿猜忌的旅行。

車子開上通往基隆的麥帥高速公路，遊覽車小姐就嗲聲嗲氣地介紹起她和司機來，然後依序要各位介紹自己。

龔鴻基和他的太太坐在第一排，他拿起麥克風，調侃地說：

「我們都是一個公司裡的人，大家都認識，不必互相介紹，倒是我要向這位漂亮的遊覽車小姐推薦，我們這裡有五、六位男士還是『活會』，不妨把眼睛睜大一點，尤其是坐在第五排那位穿黃色港衫的少年家，很出色啊！哦！他叫楊達德……」

說到此，大家一齊起鬨，猛鼓掌，還有的吹口哨。

那個叫楊達德的青年，一臉害臊地低下頭之前，還偷偷地瞪了老闆一眼。

龔鴻基沒有察覺，他接著又介紹了二、三個男生，然後又聲音高昂地說：

「我還要跟各位推薦一位歌星，那就是我的祕書——現在坐在最後一排的彭慕蘭小姐，她常常跟我出去應付那些老外，能菸能酒之外，她還唱得一口很好聽的流行歌，等一下的餘興節目，請不要忘記點她！」

又是一陣鼓掌聲，彭慕蘭很大方地站起來抱拳鞠躬答謝，嘴裡直說過獎過獎，臉上飛起一朵紅暈。

可是坐在龔鴻基身邊的龔太太，表現得很不是滋味，她一臉的輕蔑，咬牙切齒地哼了一句：「不要臉！」

這句罵人的話說得很輕，幾乎沒有人聽到，可是坐在第五排的楊達德卻看到她輕蔑的表情，也知道老闆娘痛恨著彭慕蘭。

楊達德是一個純潔的青年，高中畢業後就到公司當練習生，幹了一年多就去當兵了，今年初退伍後又回到公司來，並且升爲正式職員，專門跑報關和外務的工作。這時彭慕蘭剛好從別個地方轉到公司來當老闆的祕書。彭慕蘭豐滿而白嫩，加上擅於化妝，不管遠看或近看都是一個美人兒，可說是公司裡的一朵花。

也不是楊達德和她接觸的時間比較多，而是有過幾次機會在下班時刻他用摩托車送她回去。她曾經坐在後座緊抱著他，鼓挺的胸部在他背上摩擦，以及她在耳邊軟語呢喃，使他不克自持，而幻覺於彭慕蘭對他情有所鍾，而癡癡地單戀著她；雖然，楊達德也知道彭慕蘭已經結了婚，有了一個五歲的小孩。

可是不到幾個月，他發現他的老闆龔鴻基跟彭慕蘭好像有一手，有一次他無意間進入老闆的辦公室，彭慕蘭正坐在龔鴻基的大腿上，他們還在接吻。

場面當然很尷尬，他當然受了申斥，離開了老闆辦公室。他難過得幾乎要嘔吐，他跑到洗手間嘔了半天，眼角卻擠出了眼淚。

楊達德並不是因爲老闆怒責他而難過，而是在他心目中一個最初的偶像，那麼美好和値得珍惜的——彭慕蘭，竟然那麼肉麻地坐在一個像豬般肥胖男人的大腿上。像矗立在心中的一座永恆的摩天樓，突然倒塌了、垮了，他當然失望和痛苦。

其實，龔鴻基和彭慕蘭的曖昧關係，並不祇是楊達德知道，幾乎公司所有的同事都知道。他們在同事面前的親熱態度，他們兩人並不太忌諱。以致後來，連龔鴻基的太太也都知道，曾經，她來辦公室大吵大鬧，而且威脅過彭慕蘭：「你們亂來好了，沒關係，但是妳得小心點別讓我抓到證據，否則，我不把妳分屍了才怪……」

現在談的這些都是傷感情的話，今天是旅遊賞心悅目的日子，何況車子正開向濱海公路。沿途景色宜人，右邊是青翠的山嶺，左邊的大海碧綠而廣大，白浪沖向路邊的礁石上，壯觀而且發出嘩嘩的聲響。

儘管風景如此美麗，儘管車上有人唱著歌，很多人高興地附和著；但是，還是有些不快樂的人，苦著臉，不知所措……

在歡樂中，遊覽車很快地經過蘭陽平原，然後來到蘇花公路的起站——蘇澳。車子不曾停歇，在升高的風景中，車子正式進入蘇花公路，左側的蘇澳港停泊著一、二艘大油輪，在澄碧的陽光下冒著煙，再過來是南方澳漁港，也停滿了像積木般的小漁船，把南方澳擠得彷彿一幅市街的地圖。

出岬而去，就是東太平洋最美麗的大海，蘇花公路沿山盤旋，氣勢驚險壯觀，把那些第一次經歷蘇花公路、坐在車內的小姐們嚇得花枝亂顫，哇哇大叫。

當車子經過很高的陡坡再往下降時，可以看到前方一片瀕太平洋海濱的小小平原，海岸線一條細白，像鑲著花邊的裙裾——這個地方，就叫東澳，值得開發的一個世外桃源。

東澳祇有一條街，兩旁開了些飲食店及雜貨鋪，如果沒有外地來客，通常都顯得冷冷清清，在街頭和小店旁，偶爾還可看到一、二個老年女原住民，她們臉上的刺青。

但是在早晨中午以前，這裡忙碌得很，所有經過蘇花公路到花蓮去的車輛，在這個第一個管制站，是他們互相會車的地方，因爲前面那段叫清水斷崖，狹窄險要，所以交通單位把它規劃爲單行道。從台北開到東澳的第一次管制是九點半，第二次十點，餘下每隔半個小時一次，因此遊覽車開到這兒，一定休息半個小時，俾讓旅客舒舒筋骨和上上廁所；尤其上廁所幾乎是每個人在這個中途站都要做的例行公事。從台北到東澳車程需二、三小時，再到花蓮也要二小時，故通常沒有人能憋這麼久而不方便方便的。

龔鴻基公司的遊覽車匆匆地來到東澳，剛好是九點四十分，關口已經停止通行。因此遊覽車小姐在麥克風裡叮嚀大家下車「唱歌」或走走。十時正準時開車。

車子一停妥，立刻圍來了一群賣零食的小販，賣肉粽、茶葉蛋的，賣削好的紅甘蔗和蜜餞等等不一而足。把下車的門口堵塞得滿滿的。那些鄉下的婦女，戴著斗笠，包著頭巾，誠惶誠恐地爲賺點蠅頭小利而拋頭露面，也是一種無奈。

下車的時候坐在前面的龔太太要她先生一道走，龔鴻基說他不去廁所而推掉。車廂裡的人衹剩下三個，那就是彭慕蘭、楊達德和龔鴻基。結果還是坐在後面的彭慕蘭先走出來，經過楊達德身邊的時候，彭慕蘭對他笑笑，可是回報的卻是一道冷得使人感到不舒服的眼光。彭慕蘭並不意外，因爲這幾個月以來，楊達德對她的態度整個變了，每次碰頭都是惡狠狠的，她也跟龔鴻基談過楊達德的態度，龔鴻基要她忍耐，因爲誰叫他們不小心給他撞見她坐在他大腿上這碼事，這是個要命的把柄。

到了門口，彭慕蘭用眼梢瞄了龔鴻基一眼，是充滿誘惑的媚視，龔鴻基若有所悟地點點頭。彭慕蘭下車後往左邊的廁所方向走去。龔鴻基站起來伸著腰，然後回頭問楊達德：

「小楊，你不到外面走走嗎？」

楊達德奇怪而不禮貌地回答他：

「要啊，可是我總是『押後』的，龔總經理，您先請吧！」

於是，龔鴻基跟著彭慕蘭的後面下車，過了一會兒，楊達德也下車了。他們都往車後的公路走，那下面有些商店，公廁也在那個方向。

當整輛車子中的人都走空了，衹有車掌和司機在車廂裡說些粗俗的笑話，空空蕩蕩地過了十幾分鐘，才陸續有龔鴻基公司的人上車來。到了十點，汽車的引擎已經發動，遊覽車小姐開始點人數，結果發現還有三位尚未上車，坐在車掌面前的龔太太沉不住氣了，說：「我先生還沒回來。」司機不耐地發著牢騷：「搞什麼鬼！」後面的車隊一輛一輛地超越他們。有些車子還猛按喇叭表示抗議他們擋在前面不走。十點十分，龔鴻基和楊達德一前一後地上車，他們兩個行色匆匆，尤其楊達德上車的時候臉色慌張。

龔鴻基一上車直往後面瞧，然後對著車廂不知問誰：

「彭慕蘭還沒回來嗎？」

很多人異口同聲地答道：「是啊！是啊！」

只有龔太太臉色鐵青，眼光癡呆地望著窗玻璃。

車廂裡一片鬧哄哄的，有人在抱怨彭慕蘭不守時，有人在猜疑她到底跑到哪裡去了。

這時遊覽車司機站起來面向大家，很生氣地說：

「你們這樣不守時怎麼可以，再給你們十分鐘，如果她再不回來，你們看著辦，下午要參觀的那些地方，什麼大理石工廠、鯉魚潭、木瓜林區、阿美族舞蹈表演，都要取消了。你們儘管拖吧！」

有幾個男生自告奮勇地要下車去尋找，司機一直說祇有十分鐘。龔鴻基板著臉孔，急躁地對三個男職員說：

「往左邊的海邊去看看，那邊有一大片白花花的芒草，特別注意看看。」

十分鐘很快地過去，男生們準時地回來了，可是，彭慕蘭仍然沒有回來。

她在九點四十分的時候離開車子，從那時起，就像空氣般地在人們的眼睛裡消失了，杳如黃鶴。

5

爲了不耽誤一車子人的行程，掃他們的興，做爲老闆的龔鴻基下了決定。

「這樣好了，你們大家先上路，我留下來等彭慕蘭。等我找到她，我們再攔一部車子追上你們。」

這倒是不錯，但是沒有人答腔，而坐在他旁邊的太太忍不住了，在眾人面前提高嗓音說：

「倒是個妙計呀，怎麼，想私奔啊？我就不信在這麼一個小地方，她也會迷路，眞是！你不要以爲我不知道你們兩個的事，你們想在這裡幽會啊，想得眞美，眞羅曼蒂克啊！別作夢！」

這段話是個意外，因此，包括司機車掌在內，大家都楞住了，屏息地等待著下面的發展。

龔鴻基手一揮，但是沒有碰到近在幾寸內的太座，祇是嘴裡嚷著：

「給我住嘴，妳在亂講什麼！」

他雖然給他太座這段話弄得很難堪，但到底還是把老闆的面子保住了，他果斷地說：

「我留下來等彭慕蘭，你們先走，要用錢會計王小姐那裡有。事情就這樣決定。」

他說完跟司機打個招呼，然後提起小皮包，就要下車，可是他太太霍然地站起來，斬釘截鐵地說：

「我也要留下來。」

龔鴻基看他太太那樣凶悍，想已不能拒絕，所以也就忍了，讓她跟著下車。

兩個人表情各異地站在車外，像二根木頭般地茫然。車子開動了，有許多人朝他揮手，可是車子開不到二十公尺又停了下來。

車門開處，穿黃色港衫的楊達德跳下來。他跑過來板著臉孔對龔鴻基說：

「我也想留下來找彭慕蘭。」

於是，他們三個人就站在馬路旁商量如何著手去尋找彭慕蘭。馬路上的車子都已開光了，整條街變得空空蕩蕩，衹有幾隻小黃狗橫在馬路上溜達，顯得很孤單。

龔鴻基決定留他太太下來在路旁等，以防彭慕蘭回來時找不到車和人，而他與楊達德分開去找。以馬路爲界，龔鴻基尋找靠山那邊的廁所和民房，而楊達德則是靠海那一邊的。

龔鴻基提醒地說：

「那一邊沒有什麼房子，要特別注意那一片茂密的芒草林。」

他們約好不管有沒有找到人，最遲半個小時後到公路局招呼站這個地方會合。

一個小時後。

招呼站牌下龔鴻基和他的太太鐵青著臉，各有心機地低頭不語，龔鴻基已經回來一刻鐘，當他回來告訴他太太說沒有找到人時，他太太氣急敗壞地大聲叫道：

「我就不相信她會變魔術，把自己變走了，哼！我就是跟著你，看你要耍什麼把戲……」

龔鴻基覺得多說無用，只有等待，於是，他們就沉默不語。

這時候，從對面通往海邊的一條小路，楊達德跌跌撞撞地跑回來，他像喝醉酒似的，他的臉蒼白得駭人，他幾乎要軟下去，勉強抱住招呼站牌的柱子說：

「彭慕——蘭，她——她死了——」

「什麼？」龔鴻基跟他太太幾乎同時脫口而出：「你說什麼，彭慕蘭她——」

「她——她被殺了好幾刀，流了很多血，躺在一片濃密的芒草裡，她已經死了——」

彭慕蘭從九點四十分下車，到發現被殺時的十一時，前後只有一小時二十分。彭慕蘭應該與人無冤無仇，尤其在這個偏僻的小地方，在短短的一個多小時裡，她有什麼把柄或罪惡，非被置於死地不可呢？是生人？是熟人？凶手的動機又是爲了什麼呢？

他們三人一同到東澳派出所去報案，值班的警察也嚇了一跳，因爲在當地民風淳樸，從他到職以來，不要說從未聽過凶殺案，就連打架事件也很少發生。

他立即把制服穿戴整齊，然後跟著楊達德他們三人趕赴現場。

東澳地方小，當警察帶著三個陌生人行色匆匆地往海邊走，經過雜貨鋪時，就有人問發生了什麼事，一聽說命案，好幾個人就跟著他們要去看熱鬧。

現場距離海還很遠，往東跨過二條小橫路，大概離公路有十分鐘的步程。雖然只有十分鐘，可是左右附近連一戶人家都沒有，周圍就是一片又一片又高又密的芒草，開著白絮絮的花穗，在風中搖擺。

在小路邊的芒草叢裡，楊達德顫抖地帶著他們，撥開芒草進入方圓大概只有二坪大空間的地方，彭慕蘭就仰躺在血泊中，死狀甚慘，臉孔因驚悸而扭曲著，胸部中了好幾刀，她的內衣褲褪了一半，露出豐滿的陰部和一撮濃密的陰毛，有幾隻蒼蠅在上面飛來飛去，嗡嗡地叫。

年輕的警察也有點膽怯，他用手摀著嘴，一方面對緊靠著現場的人們直說：

「不要靠近，不要靠近，要保持現場完整！」

人群中不知誰冒出了一句：

「不知死了沒有？」

「流了那麼多血，不死才怪！」

在七嘴八舌中，龔太太在嘴裡說一句別人沒能聽到的話：「眞是報應！」而且嘴角無意間流露出一個詭異的笑，一閃即逝。

龔鴻基張開嘴巴，瞪圓眼睛看著彭慕蘭，那種表情好像就是說，他眞不相信在頃刻之間，一個充滿魅力、活蹦蹦的女人，現在就已經死了，變成一具刀痕累累的屍體了。

而楊達德不知是緊張過度，還是閱歷太淺，他一直顫抖著，像得了寒熱病一樣，在大熱天，他緊抱著身體，縮成彷彿七、八十歲的老人。

警察叫了兩個看熱鬧的當地年輕人，其中有一個還是義警，請他們封鎖現場不要遭受破壞，然後驅散看熱鬧的人。

「走，我們回派出所請示主管，然後向刑事組報案，走！」

龔鴻基他們三人跟隨警察回到派出所，主管已經聽到消息，站在門口等他們回來。

警察約略地報告一下到現場的經過，然後就指著龔鴻基他們三人說：

「死者是個女的，是這位先生公司裡的人，他們包遊覽車要到花蓮去，九點多在這裡會車休息，不到一個小時，人就死在那裡了。」

主管頻頻地點頭聽著，他年紀比較大，也較有經驗，一邊派人去加強現場秩序的維持，一邊用眼光巡視著這三個當事人，然後說：

「我打電話到刑事組報案，請他們派人來驗屍和辦案，你們三位——恐怕要等到他們來處置，你們三位就暫時留在我們這裡。」

然後主管又問了一些他們與死者的關係，然後問死者有什麼親人。

「她已經結婚，先生姓陳，早上他還送她到公司來搭車！」龔鴻基黯然地說。

「有她家的電話嗎？」主管問。

「有。」

「給我！」

龔鴻基從口袋裡掏出一本小記事簿，找了找便把台北的電話告訴他。

主管立即搖了電話，請總機轉到台北。電話響了許久，後來總機那邊傳來說是沒人接。

過了中午，蘇澳方面來了三個人，一個檢察官、一個刑事組長和一個法醫。

他們沒有什麼停頓，就在主管的帶領下去現場。現場已圍滿了人，雖然屍體已經用一張破草蓆蓋著而看不到了。

驗屍結果，法醫報告彭慕蘭身中四刀，其中三刀在胸部，一刀在右手肘，正中胸部的一刀傷到心臟，是致命傷。凶器是一把單刃但不太銳利的刀子，類似日本製的水果刀。死者陰部沒有精液，沒有性行爲。死者是被謀殺，但找不到凶刀，也沒有留下指紋，恐怕是預謀殺人。

刑事組長姓吳，是一個五十開外的人，但身體很壯碩，頭有點微禿，眼光冷漠，看起來很老練，是一個不苟言笑的人。

吳組長一直在從小路進入現場的地方蹲著審視，他進進出出的時候，一邊看地上的腳印，一邊折斷芒草的葉子和枝條；然後又仔細地看她的死狀和陳屍位置，最後肯定地說：

「依我判斷，陳屍的現場是第一現場，因爲從小路要進來這個現場，除非熟人，否則不會這麼合作，既沒有打鬥和推拉的痕跡，芒草間隙也沒有一片葉子和莖桿折斷，地上雖有些零亂的腳印，可能就是受襲時的掙扎，或者是圍觀者所留下。而死者的內外褲褪到大腿以下，我看也是死者同意的，要不然就是死者已死而凶手故布疑陣才脫下的，理由是死者穿的尼龍質的緊身長褲，從細腰到渾圓的臀部，如果沒有她的合作，是不容易脫下的。至於脫下褲子而沒有性行爲，有一種可能，就是凶手志不在此，他是有預謀的，脫下死者的褲子祇是一種幌子。我判定凶手是死者的熟人。」

吳組長的一番剖白，把在場的三位台北人給怔住了。他們面面相覷，尤其是龔鴻基，他驚慌地說：

「我們，我們怎麼可能呢……」

「我又沒有說你是凶手，你在緊張什麼？現在你們三位都跟我回到派出所去。」

「會不會是碰到此地的歹徒呢？」龔太太問。

「也有可能，但機會比較小。」刑事組長回答她。

在派出所裡，刑事組長問了許多事，也調出了當地一些不良分子的紀錄。下午二點的時候，才在電話中找到死者的丈夫陳冬貴。當檢察官在電話中告訴陳冬貴他太太被殺的消息，對方不敢相信，後來才痛哭失聲。

「這是上午十時左右的事，我們找你找好久，電話一直沒人接，你到哪裡去了？」

對方停止哭泣，但仍然斷續地說：

「我早上參加閱兵典禮，群眾大遊行，中午的時候結束，在路邊攤吃了一碗牛肉麵，回來不久就接到電話……」

「現在，」檢察官斬釘截鐵地說：「你立刻到東澳來，你知道東澳派出所嗎？」

「東澳派出所在哪兒啊？」

「經蘇澳入山的第一個管制站就叫東澳，到東澳就可以找到派出所了。」

大家在派出所等了三個小時，陳冬貴包了一輛計程車才風塵僕僕地趕來。他穿的一件卡其布做的短袖襯衫，弄得縐兮兮的。沒有停留，檢察官和刑事組長又帶著他們一夥人到現場去。

當一個年輕的警察掀開草蓆，把彭慕蘭驚悸的臉孔和屍體暴露在他的眼前時，陳冬貴首先一怔，定神之後撲倒在她的屍體上嚎哭起來。

6

檢察官在派出所開了個臨時調查庭。那時候已是下午四點多，陽光仍然高照，幸好派出所在一片濃蔭中。坐在窗口的楊達德一直看著大門外的那條兩旁種滿了樹木的小路，有一條小土狗夾著尾巴在那兒徘徊，有時候還低哼地哀叫了兩聲。

檢察官首先詢問著苦主陳冬貴：

「這是個不幸的事件，你當然最爲不幸，爲了告慰死者和社會的安寧，我們必須找出凶手來。你是死者的丈夫，她在這個人地生疏的地方，會遭到謀殺，一定有它的原因和背景，我們希望你節哀，把你所知道的，儘管衹是蛛絲馬跡，也請你告訴我們，做爲破案的線索。現在請你想想，她有什麼在此被殺的理由嗎？」

陳冬貴表情已經恢復鎮定，他咬著嘴唇，低頭沉思。坐在他旁邊一列排開依次是龔鴻基、龔太太，以及案發後一直臉色蒼白，略顯歇斯底里的楊達德。

吳組長看陳冬貴沒有意見，他以辦案嚴肅的目光巡視他們四個人一圈。然後把視線定在楊達德那兒。他慢慢地補充說：

「不一定苦主說話，你們如果覺得有什麼可疑，也可以提供出來，譬如第一個發現現場的這位楊達德先生，你覺得有什麼可疑的人和事嗎？」

「我，我……」楊達德神色倉皇，吞吞吐吐地說。

「怎麼，你有什麼寶貴的意見，不用顧慮，你儘管說出來好了。」

「是他，是他——」楊達德顫抖地說：「我敢保證，最後離開彭慕蘭的是他，我的老闆龔鴻基，也就是說，彭慕蘭是他殺的！」

這句話眞是石破天驚，不要說把龔鴻基嚇壞了，在座的每個人都爲之一驚，幾個人都面面相覷。

「你——楊達德，你胡說八道什麼，你——」龔鴻基憤怒地站起來，隔著他太太揮過一拳，但是被坐在對面的吳組長一個箭步擋住了。

「不准動手，坐下！」組長喝斥著龔鴻基，然後對楊達德說：

「你慢慢講沒關係。爲什麼他是兇手？你把你見到的說出來。」

於是，楊達德在吳組長的安撫和慫恿下，逐漸鎮定下來說：

「首先，要從很遠的地方談起——大約在半年前，我在公司裡的總經理辦公室，無意間看到彭慕蘭坐在龔老闆的大腿上接吻……」楊達德說到這兒偷瞄了一下陳冬貴，好像要看看陳冬貴的反應。陳冬貴聽到他講他太太坐在別人的大腿上是有些異樣，但並不是一般人所期盼的那般震動。楊達德於是又說下去：

「那時候起，我有機會就注意他們兩個了，由於彭慕蘭是我們龔老闆的祕書，她常常陪龔老闆和客人在外面應酬，他們在飯店吃完飯，然後一起去開房間，我就抓到了兩次……」

「胡說！」這是氣虎虎的龔鴻基反駁的，而龔太太在一旁冷笑。陳冬貴則冷靜，強忍住悲傷，他直挺腰桿，深深地吸了一口氣，沒有開口，但他用一種癡呆的目光瞪著楊達德。

「繼續說下去，繼續……」檢察官和吳組長幾乎同時地催著他。

「龔老闆和彭慕蘭的不正常關係，老闆娘也是知道的，老闆娘妳不能否認吧！」

「……」老闆娘咬著牙根沒有答腔。

這時候像一個罪犯的龔鴻基，他大聲地嚷起來：

「是的，沒有錯，我跟彭慕蘭是有染，但我是愛她的，我怎麼可能殺她呢？楊達德，你信口雌黃要拿出證據來。」

老闆娘從沒想到龔鴻基那麼大膽，竟然敢在她面前承認他愛著別人。她口氣充滿了憎恨地罵著：

「不要臉，下流……」

沒有人理會她，大家的目光還是都集中在楊達德的身上。

「今天上午會車的時候，大家都下車了，記得嗎？是我們三個最後下車的，我們三個幾乎是同時到達公廁的。彭慕蘭進入廁所一下子就跑出來，直嚷太髒、太噁心了，然後往下坡處走去，她說她要去借用民房。我小便完了出來，看到你偷偷地跟在後面約十五公尺，一同穿越公路後進入一條小徑……我當然想繼續跟下去，但是在穿越公路時，被我們公司的同事王元德叫住了，要我幫他和女友照相，我急忙地幫他們換了二、三個角度，再趕上去，就再也找不到你們了。所以我確定，龔老闆你是最後一個離開她的人。」

楊達德把經過說完，雙手握拳擠壓，把關節壓得咯咯作響，又鬆了一口大氣，彷彿從一場大病後痊癒過來。

「這是很好的結論，怎麼樣，龔先生，你有什麼話說？」吳組長很篤定，完全以一種以逸待勞的口吻說。

7

「我嚴重抗議！」龔鴻基紅著臉憤怒地說：「我要控告他誹謗，楊達德說了一大堆一廂情願的話，我覺得他的動機有問題。我倒要告訴大家有關於楊達德的一件內幕消息，你們就知道他爲什麼要誣告我了。彭慕蘭生前不只一次地告訴我，小楊愛她愛得一塌糊塗，甚至已經到了變態的地步，揮也揮不掉，在公司裡老是用色迷迷的眼光看她，下班後老是找機會要用機車載她回去。有一次答應他，他竟然把她載到一間新蓋的空屋裡，在黑暗中堅硬的水泥地上把她強姦了……」

「胡說八道！你以爲彭慕蘭人死了，就可以信口雌黃嗎？」楊達德強烈地打斷龔鴻基的話。

「我才不胡說八道，你強姦她的地方，我曾經去看過，在伊通公園邊一幢新蓋大樓的二樓，對不對？」

「死無對證，你胡說……」

吳組長站起來阻止他們的爭吵，他居中調停地說：

「現在這樣吵下去沒有結果，我倒想請龔鴻基先生解釋一下，剛才楊達德說，看到你最後離開死者這件事做個說明。」

派出所內除了幾個當事人比較激動和沉重以外，包括辦案人員在內，都深深覺得這齣戲的故事性愈來愈濃厚了，他們無不全神貫注，洗耳恭聽，靜觀情況的繼續演變。

而做爲死者丈夫的陳冬貴，每次有人提到他太太，甚至敗她的名節，他已無動於衷，他癡呆的目光一直朝著說話的人出神。

龔鴻基看看他太太，他太太一臉的怔忡與憎恨，使他喪氣，但是他現在不得不鼓起鬥志，爲自己而辯：

「是的，起初我是跟著彭慕蘭沒錯，但後來穿過馬路進入小徑時，我忽然發現在另外一條橫路我的太太正注意著我們，於是我就折回馬路，在雜貨鋪晃了晃，再回去時已看不到她了。我曾經找了一陣，但因爲有太太的影子在，我不敢太深入，一會兒我就折回來了。」

又是一個高潮，現在眾目睽睽地把眼光投向龔太太了。龔太太眼看大家的目光都好奇地朝她看，顯得有點不自然。

「那麼，這麼說——」吳組長故作驚訝地對著龔太太：「據妳先生的說法，妳是最後看到彭慕蘭的。妳有什麼說明？」

比起楊達德和龔鴻基兩位男士來，龔太太顯得鎮靜得多了，事到臨頭，她仍然不慌不忙。她看看坐在一旁發呆的陳冬貴，然後以尖銳但低沉的聲調說：

「這兩個狗男女我早就知道他們勾搭上了，祇是想不到他們竟然這樣明目張膽。從台北到東澳這段途中，他們在車裡公然眉來眼去，眞是要讓我吐血——到了東澳站大家下車休息時，我就特別注意他們。哼！他們繞了幾個圈，就要跑到荒郊野外去了，我當然不能讓他們脫離我的視線，尤其是彭慕蘭這賤人。我一邊用跑地，一邊又擔心被他們發覺，在橫路的小徑上，我不小心被我先生看到了，他就縮回去，我一猶豫，不知看住哪一位好，後來心想只要看住我先生，他們就變不出把戲了，於是朝公路往回走，結果也找不到我先生了。我當然不甘心兩個人都在我的面前失蹤，於是便朝野外尋去——」

龔太太說到這裡停了下來，長長地吁了一口氣，然後看看在場的各位。

們！」

「然後呢？」吳組長緊迫地問。

「什麼然後？」龔太太說。

「妳不是繼續朝野外去尋找他們嗎？」

「是啊，但是他們都失蹤了，一直找不到，到了十點鐘我回到車上，還沒看到他

吳組長沉思了一下，就問：

「既然妳在那兒待了十幾分鐘才回到車上，這中間妳沒有看到什麼可疑的嗎？」

「這個……」

「沒有關係，只要有些異常的事物，譬如看到什麼人或動物，或有什麼特殊的場景啦等等，妳不妨都說出來，讓我們做參考。」

「是沒有什麼啦，不過……當我要離開那片郊外時，我看到一輛摩托車很快地從我前面的一條橫路飛馳而過，我想那應該沒什麼關係吧！」

吳組長立即精神一振，聲音也快起來：

「那不是從現場那邊來的嗎？」

龔太太想了想，又比劃了比劃環境，也不期然地說：

「是啊，現在想起來，剛好是從凶殺現場那個方面來的呀！」

經她一說，好像凶手就出現在眼前一樣，所有在場的人都豎起耳朵仔細聽著。吳組長更是緊張迫切！

「那麼，看到那個人嗎？」

「沒有啊，那個路口那麼小，而車子又開得那麼快，而且離我有二十公尺以上遠呢！」

「妳仔細想想，他騎什麼牌的機車，人的特徵啦，譬如說他穿什麼衣服，留長髮嗎？這一類的……」

龔太太低頭想了一下，突然很有信心地說：

「時間太快了，我看不太清楚，不過那個人穿著長袖的衣服，灰色的，我是能肯定的，因爲他那種打扮，就跟常常在鄉下看到的農夫一樣，頭上還戴著一頂明亮的黃斗笠……」

龔鴻基鬆了一口氣，剛才指證龔鴻基是凶手的楊達德很不以爲然。一直以癡呆的眼神看著牆壁的陳冬貴，突然也像抓到凶手一樣，眼睛一下子明亮起來。

「只有這些而已？」

「是啊，看到、想到的都說了。」

於是，吳組長就把椅子拉開，和檢察官及法醫，站到一邊去細語什麼，彷彿在研判什麼重要的案情似的。

而同樣這個時候，龔鴻基和楊達德就頂嘴起來，龔鴻基指責楊達德不該亂指他為凶手，他回去一定要找他算帳。楊達德反譏地說，並不是你太太說了那一大堆話，不管是不是編造的，就可以證明你沒有嫌疑啊！

「何況，」楊達德又有驚人之語：「龔太太也有殺她的動機啊，她不是恨她入骨嗎？在公司裡曾經公開說過，如果你們的醜事被她抓到，她要分彭慕蘭的屍啊！我看，是你們這對寶貝聯合殺她的……」

沒等他說完，龔太太一側身就抓住了楊達德的頭髮，而且用力過猛，兩個人一起翻倒地上，滾成一團。龔太太直抓住男人的頭髮，猛敲著他的頭，嘴邊還像殺豬般地尖叫：

「你這夭壽短命，含血噴人啊！」

龔鴻基拉不開，還是吳組長聲色俱厲地把他們扯開的。他板著臉說：

「這是辦案的地方，不是鄉間廟會呀，豈可以這般放肆。」他頓了頓：「又為了什麼？」

「他啊，這夭壽仔——」龔太太指著楊達德哭著說：「他血口噴人，又說我是凶手啦！」

「我覺得楊達德才是凶手，他有殺她的動機呀，他單戀已成變態了。凶手是他！」龔鴻基這時也接在他太太的後面，很正經地說。

「好了，好了，不要再吵了，凶手不是你說他是凶手他就是凶手的，要有證據才行，你們這樣吵下去，不但抓不到凶手，凶手恐怕老早就逃之夭夭了吧！」吳組長頻頻揮著手，他已經有些不耐煩。下午的陽光在窗外投射，已經很柔弱，黃昏的山村顯得很寧靜，如果不是發生了命案，這幢在樹蔭下的房子，以及視線所及之處，一定充滿了詩情畫意。吳組長忽然有這樣的奇想。

可是，想歸想，擺在他眼前的一宗棘手的謀殺案，就在他的警勤區內，這件案子必須由他來負責偵破。

他再一次皺著眉頭看看面前的這幾個人，他們個個都可能有嫌疑，但也可以說個個都沒有。找尋證據已成爲最大的關鍵。

這時候他看到坐在一旁的苦主陳冬貴神色惘然，這個被害人看起來那麼軟弱，一點也看不出些許的男人氣概，難怪他的太太會紅杏出牆，難怪太太被殺了，他祇有一臉的癡呆。

眞是一個典型的可憐蟲。

「陳先生，事情已經發生，請你不要太難過，現在最好的辦法就是趕快找到凶手，好讓你太太死能瞑目，你能提供一些線索嗎？」

吳組長問他，口氣不像辦案時的嚴肅，他想用聊天的方式比較能減少他的悲傷。

陳冬貴仍然茫然若失。他心不在焉地說：

「我沒意見……」

「不是有沒有意見的問題，而是你太太的被殺，你有沒有什麼蛛絲馬跡？尤其剛才他們說了一大堆，都是敗壞你太太名譽的，你太太對你不忠，你知道嗎？」

「不知道！」

「你太太好像很亂來，你難道一點都不知道嗎？」

「我以為——她是和外國人——不知道他們說的那一些……」陳冬貴說著說著，又顯得哀傷逾恆，變得歇斯底里了。

「什麼外國人？」

「她公司裡的客戶……」

很多人都向陳冬貴投以同情的眼光，因為太太亂愛而招致殺身之禍，身為當事人的他，竟然所知那麼少。那些同情的眼光，也可以說是一種憐憫。

可是在同情與憐憫之間，祇有楊達德的神色是充滿詫異的。

到了傍晚的時候，檢察官做了決定，所有的人都可以回去，但要隨時候傳，除了陳冬貴。包括楊達德在內，都由龔鴻基具結做保，保證隨傳隨到。

龔鴻基已經沒有遊山玩水的興致，更不想追到花蓮去。他和太太攔了一輛私家車，逕自回台北了。

陳冬貴離開東澳時，已經入夜了，情況很悽慘，他在楊達德的幫助下，費了許多周章，好不容易才僱到一部小貨車，載著他太太的屍體，和他一顆破碎的心，蹣跚地踏上歸途。

8

東澳命案的第三天，中午時分。

吳組長帶了三個人從蘭陽平原來到台北造訪陳冬貴。那時候陳冬貴在母親的陪同下，正要到殯儀館去辦事。他們一夥剛好在門口碰上。

陳冬貴一看來人是吳組長，他有些吃驚，隨即就把他們引進屋內。

還未坐下，吳組長便向他的同伴使個眼色，二個魁梧的男人就過去往陳冬貴身旁一靠。

吳組長臉色森然地說：

「陳冬貴，我們以謀殺自己妻子的罪名，把你逮捕。」

陳冬貴並沒有拒捕，他腿一軟，跌坐在沙發上，有一個人同時把他上了手銬。

站在一旁的陳老太太，簡直不相信這一幕，她呼天搶地地大喊冤枉。

陳冬貴癱在那裡，楞楞地問：

「死的是我的太太呀，你們怎麼反而誣指我呢？你們要拿出證據來！」

「證據，我們當然有證據。」吳組長堅決地說：「那天在東澳派出所，我們從你的舉動發現了好幾個漏洞，第一，你對於你太太的慘死，並不怎麼悲傷。第二，你說你不知道你太太跟龔鴻基他們有染，這也是謊話。因爲經過查證，每次你太太跟別人去開房間時，便有人打電話給你，雖然他沒有表明身分，但你記得用手揑住鼻孔的那種濃濁的語調嗎？中國成語『紅杏出牆』就是說現在太太跟別人睡覺……這個電話便是楊達德每次追蹤到你太太跟龔鴻基開房間時打給你的電話。楊達德甚至證實說，後來，你自己本身也抓到你太太跟龔鴻基的醜事，在同一個旅館裡他差點和你碰個正著，祇是當時你很傷心，他說你是個懦弱的人，你沒有勇氣來破門而入去捉姦。所以那天你說不知道你太太和龔鴻基有染，他就甚覺詫異。第三，你當天並沒有去參加閱兵，沒有錯，你們科裡的人全部都去參加閱兵了，祇有你沒有到，你科長也證實了這點，而你沒有參加閱兵，這段時間你到哪裡去了？」

吳組長說完了長長的一段，很得意地停下來靜觀陳冬貴的反應。

「錯了，錯了，我沒有去參加閱兵，是因爲我帶我太太到她公司去搭車。送走她以後，時間太遲了，交通已經管制，我祇好停在市議會對面的大樓下看遊行……」

「陳冬貴，你還想狡辯！」吳組長很優閒地在他對面的沙發上坐下來。他點了一根菸，慢慢地吸了一口：「記得十日那天你太太的屍體是十一點發現的，從那個時候起就一直打電話找你，你不在，直到將近二點的時候你才接到電話。從發現屍體到你接到電話，中間逾三小時，你知道這三小時的關鍵嗎？」

「……」陳冬貴無言以對。

「那麼，讓我替你說明吧！這三個小時的時間，就是你從東澳飛快趕回台北的時間，我還可以更確切地說，如果你不是住在松山區，而住在士林區，三小時以內你是趕不回來的，還有如果濱海公路還未打通，來回要經北宜公路，三小時也是趕不回來的，更重要的一點，如果交通工具是汽車的話，還會受到東澳站的交通管制影響，三小時更是困難和沒有把握，唯一可以解決這個問題的方法，就是騎摩托車！」

吐著煙圈的吳組長勝券在握，而且由於他自覺案子破得漂亮，故心情愉快，還會對陳冬貴賣關子。

而陳冬貴像一隻鬥敗的公雞，他頹然地任吳組長指控和宰割，他有氣無力地猶作困獸之鬥。

「這些時間的說法說得很有道理，可是，那並不能說就是我啊！」

「你不是有部摩托車嗎？」

「是！」

「車號是〇二—二三五六七嗎？」

陳冬貴臉色開始變得蒼白。

「車號是不是〇二—二三五六七？」吳組長用脅迫的口氣問著。

「是的，那又怎麼樣呢？」

「我告訴你好了，那天你殺了你太太之後，騎著摩托車逃離現場時，第一個不幸就是碰到龔太太，所以你很慌張，剛騎出大馬路，你就撞到了一條疾跑的狗，狗的哀叫使你更心慌，你摔了一跤，把斗笠都掉到地上了，摩托車又熄了火，你踩了好幾下才重新發動，這當中有人追出來，雖然沒能攔到你，可是已記下你的車號，也看到你的臉……喏，他就是人證。」

吳組長帶來的三個人之中，有一個身體比較瘦小的，模樣一眼就可以看出是個鄉下種田人，站了出來。

「麥治良，你看是不是他？」

麥治良已經端視了他很久，所以吳組長一問，他就肯定地說：

「是他沒有錯，當時他掉了斗笠以後，他就是留這種三分頭，而且他側著臉斜視我的時候，也是這種眼光。不過那天他是穿著一件鐵灰色的夾克和黑色西裝褲。」

「小劉，你去搜他的房間，找夾克和黑色長褲，順便把凶刀之類的刃器也全部搜出來。」

被叫小劉的就走到房間裡去。

「怎樣，陳冬貴，你還能狡賴嗎？告訴你，那天當龔太太說她看到一個騎摩托車戴著明亮的黃色斗笠的人時，我就知道如果那個人是凶手的話，那一定是外地人，而且是加以僞裝的，因爲龔太太所看到的那頂斗笠是新買的東西。所以，外地來的人會是誰呢？我就很仔細地考慮這件事，從這個線索追查的結果，凶手果然證實是你。」

陳冬貴已經無力回辯，他眞沒有想到自以爲天衣無縫的一種謀略，竟然這樣不堪一擊地就洩底了。

會想到在東澳這個小地方謀殺自己的太太的機會，起因於年前他也曾經參加處裡的一項自強活動旅遊花蓮，也曾經在這個地方待了半小時。最深的一個印象，就是大家趕赴廁所，而這裡的公廁又是世界上最髒的。九日晚上當他聽到他太太要到東部旅行，突然一個念頭閃過他的腦海，如果要擺脫這個綠帽子的噩夢，在東澳殺她是一個神不知鬼不覺的大好機會。因爲他想到彭慕蘭在東澳一定會上廁所，他可以先騎摩托車趕到東澳，在廁所邊誘開她，然後——又趕回台北，多麼完美的一個不在場證明。如果他太太的屍體沒有立即被發現，祇要過了好幾天就好，一切都OK了。

但是，想不到法網恢恢，疏而不漏。

「陳冬貴，大丈夫男子漢，你就認罪吧！」

陳冬貴忽然變了一個人似的，他提高了腔調說：

「是的，是的，我太太是我殺的沒有錯，如果我不殺她，我會瘋狂啊！這一年來，我幾乎日日夜夜都生活在一場不能醒來的噩夢裡——我的太太，幾乎已變成一個人盡可夫的娼妓，祇要一喝酒，她跟外國人、跟她的老闆，甚至跟楊達德都可以上床——我不能忍啊，我白天沒有心思上班，夜裡睡不安眠，爲了冬冬，爲了名譽，乾淨徹底，我祇有殺她——她已經沒救了。」陳冬貴像迴光返照似的，忽然熱烈起來，他繼續說：「叫那位先生不用找了，凶刀就在廚房的碗櫃裡，是一把有皮鞘的日本製水果刀。」

吳組長忙著叫小劉去廚房。小劉出來時果然拿著一把出鞘的不鏽鋼刀。

「一切都合乎我們的推理，而且也證據充足，唯一不明白的是，你在那個地方用什麼方法誘開你的太太跟你到那麼偏僻的芒草叢裡呢？」吳組長倒是為這點困惑。

「哈哈……」陳冬貴反而笑起來說：「我是看著她離開廁所往下走，要進入一間民房時叫住她的，看到我，她當然嚇了一跳。我告訴她當她車子開走以後，我忽然有一個不祥的預感，覺得他們的車子會在蘇花公路翻車，所以就一路追趕過來，現在總算平安無事，覺得很安慰。我們二個人邊走邊談，後來我猛然抱住她，瘋狂地吻她，說半年來未曾跟她做愛，現在想死了，我太太就在我熱烈的挑逗下，答應我的要求，所以進入芒草叢裡，是她同意的。褪了她的褲子，也是她同意的，祇有一樣沒經過她的同意，就是我突然地抽出刀子，猛刺她的心臟……」

陳冬貴說著說著，自個兒訕訕地笑，後來笑得前仆後仰，眼淚直流。

他是瘋了。

一九八四年發表於《美洲中國時報》

一九八五年發表於《推理雜誌》第三期

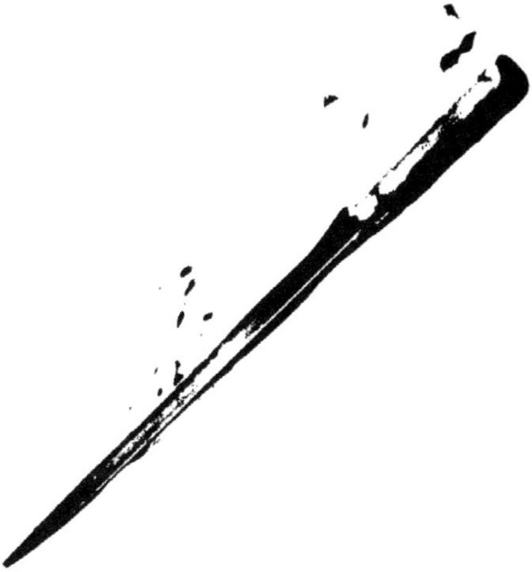

人猿之死

鸚鵡能言，不離飛鳥
猩猩能言，不離走獸

——《禮記》

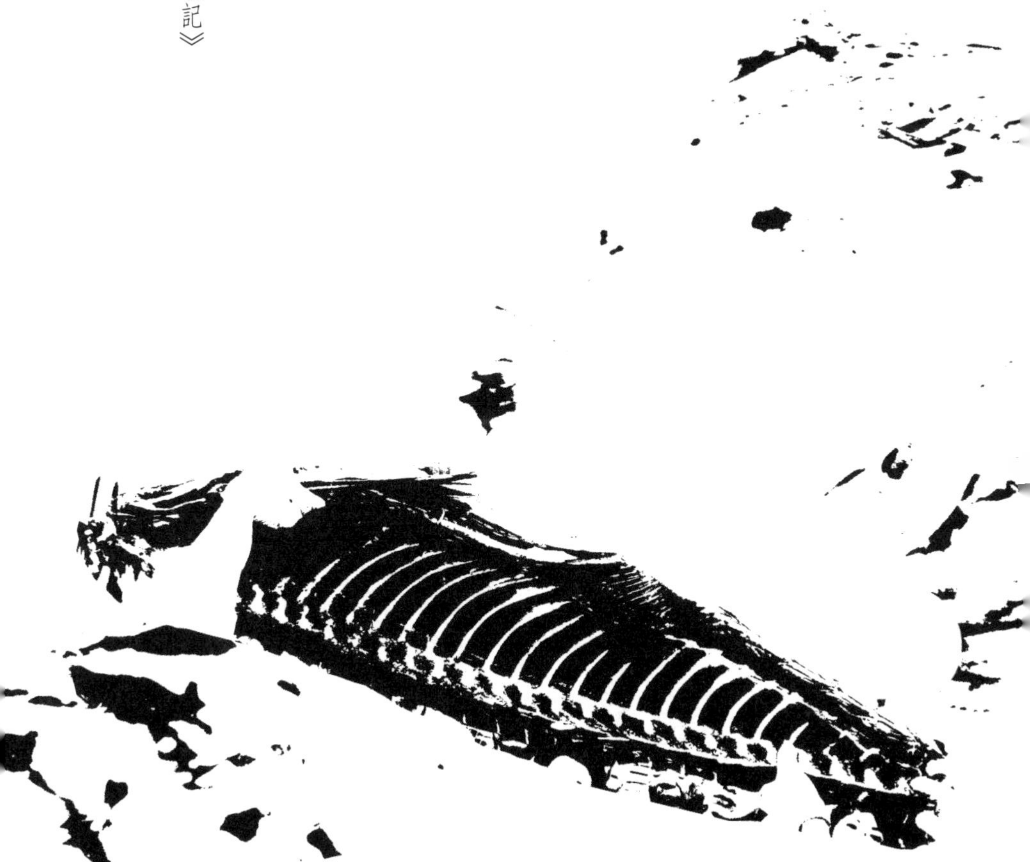

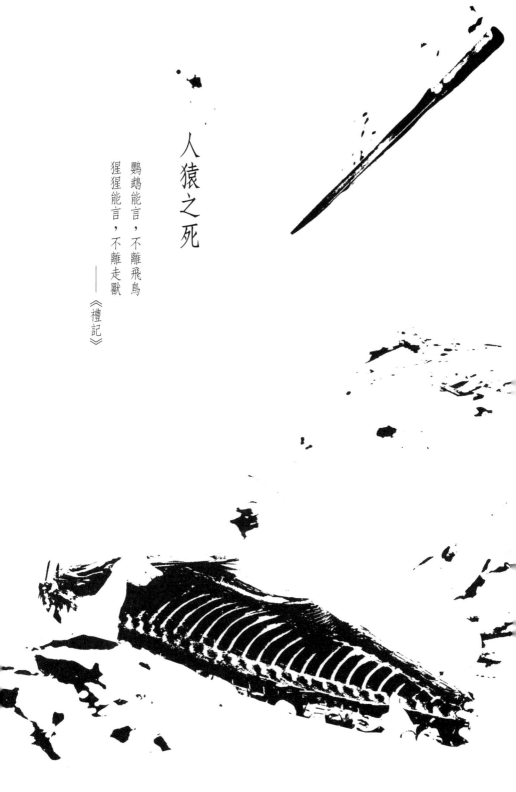

這條狹窄的小街，坐落在一處古舊、老化的市區裡，兩旁零落地排著一行低矮的房子，白天行人稀少，偶爾年輕人騎著摩托車呼嘯而過。可是一到黃昏，走動的人群就多起來，擺攤的小販從四面八方地擁過來，賣冰水的、賣草藥的、賣海產的、賣肉羹貢丸的，甚至賣毒蛇的，把本來就窄小的街，擠得像一條壞了的盲腸似的，人與人都要擦肩而過，交通爲之阻塞，不要說機動車了。這條街，只有三百尺長，可是在T市是一條著名的夜市街，遠近馳名，每天吸引了很多各種階層的遊客，包括外國來的觀光客。這條街在夜晚的氣氛和盛況，有若香港九龍彌敦道後面的廟街，和新加坡的牛車水：麕集的黃臉孔人，搖晃的燈光，此起彼落的吆喝聲。型態還是典型的一種農業社會的市集，只是在街頭販賣的多了一些現代化的產品罷了！

「漢洲國藥號」就坐落在這條街的中段，是一幢破舊的二層樓房建築。二樓的木製窗戶被壓克力的漢洲國藥號招牌遮掉了一半，屋簷下長滿了綠色的苔蘚，龜裂的壁縫裡還長出一小撮不知名的草葉，顯得陰濕而破敗。漢洲國藥號跟它右鄰的毒蛇店，以及左側的山產行都是連幢的二層樓，同樣的格局和同樣磨石子的店面，同樣的都是做夜市生意。因此在白天，他們均店門深鎖。

漢洲國藥號的老闆就叫李漢洲，是一個五十開外的中年人，中等身材，但是臉色蒼白，而且駝著腰，一眼給人的感覺就是他老兄行房事過多似的，可是他臉上濃密的眉毛，以及梳得光可鑑人的一頭頭髮，又會讓人想到他在年輕的時候，想必一表人才。

李漢洲生長在一個窮鄉僻壤的貧苦家庭裡，他小學都沒畢業，年紀輕輕的，約十五、六歲時，就跟鄉裡的一家成藥公司，到各鄉鎮跑江湖賣藥去了。

他的廠東原來只經營胃散和運功散，後來又推出一種補腎丸。那時候他們一夥五、六個人，擠在一部破舊的貨車裡，夜以繼日從南到北，到台灣的各鄉鎮奔跑；每到傍晚的時候，他們就在一個市集或廟口停下來，各司其職地忙著晚間的生意。那時候李漢洲已經是個二十出頭的小夥子，雖然有點瘦弱，但也長得挺清秀的，他帶著三個小妞，逗笑報幕和演短劇，練得一嘴好口才。

可是那種生活是很辛苦和單調的，雖然公司賺了一些錢，但是他們的待遇也未見好轉。每天，在露天的夜空下，在幽暗的燈光中，在嘶啞的小喇叭聲裡，不停地向低階層的農民討生活，不停地向天空索取少年的夢想……

後來他與團裡一個叫彩雲的女子相戀，老闆不同意地斥責他。他不得不離開那從十四、五歲就生活下來的地方，攜著比他小二歲的彩雲，投入他日夜夢想的繁華台北。

初臨台北，人地生疏，很快地盤纏用光了。在他們幾乎要餓倒街頭時，李漢洲碰到了一個在一條陋巷裡擺租書店的同鄉，知道他的處境後，就把他介紹到巷子的一家藥鋪打雜，彩雲也就在老闆家裡做燒飯洗衣的工作。於是，他們至少脫離了飢餓邊緣，也注定了他們落根在此的一生命運。

李漢洲到現在還常常在午夜夢迴的時候，想起他最初到這條小巷的事兒。那時候剛好是梅雨季，半個月裡整天不停地下著雨，天色陰暗，巷子裡到處有窟窿積水，濕濕的。他與彩雲窩居在他同鄉廚房邊，每個晚上，都可以聽到漏水滴到鋁質面盆的清脆聲音，以及點點滴滴地滴在草蓆上，他與彩雲只有緊緊抱在一起，擠在也是潮濕的牆腳。

由於他在流浪江湖時的磨練，藥鋪的老闆很快地發現他的口才，從打雜陞店員，主持店務。三、五年後，李漢洲終於混出了名堂，是這條巷子裡最好的一個門市人才。幾年的積蓄，加上同鄉的幫忙，在他生下老二之後，他終於在巷中的地段，花了二萬元買下一間屬於自己的店面，自己經營起漢洲國藥號來。

所謂漢洲國藥號，也只不過賣了一種名叫「神勇補腎丸」的單味藥丸而已，因爲店臨寶斗里風化區，再加上他的能言善道，漢洲國藥號的招牌很快地在這個地區打響起來。

二十年後的現在，巷弄經過拓寬，漢洲國藥號已經不是違章建築，而李漢洲不覺邁入中年，最小的老三亦已經在前線服兵役。他把店務整個交給了老大和老二，如果心血來潮，他也只是從旁協助而已。

李漢洲與彩雲生了三個小孩，都是兒子，除了老三比較內向外，老大、老二都可以繼承他的事業。因此忙碌了一生的父母終於比較閒情起來。尤其彩雲四十歲以後，由於物質生活的不缺乏，她變得白白胖胖，益發標致起來。也因此，彩雲就不常待在家裡，她交了一些朋友，整天在外頭逛、喝咖啡。李漢洲有時候不太滿意，但想想她跟他苦了那麼多年，也就不太計較。

這條街經過了二十幾年的演變，想不到除了飲食攤以外，幾乎變成一條專賣「補腎」藥材的夜市，山產的鹿鞭鹿茸、猴腦猴鞭，以及蛤蚧粉，海產不是龍蝦就是鱉和鰻。

由於一窩蜂的壯陽補腎，老牌老字號的「漢洲神勇補腎丸」的生意受到了相當的影響，同行的花招除了能言善道外，有些還玩弄小動物來取悅顧客，譬如在漢洲斜對面的「神州館」，他們竟然從泰國學回來，把猴子與毒蛇關在一個籠子裡拚鬥，雖然很殘忍，卻吸引了不少的顧客。正對面的「大力士國術館」，賣的是固精丸，操拳練武說葷話之外，兩、三個年輕少年家，穿著像游泳衣似的短褲頭，露出結實的三角胸肌，和毛茸茸的大腿。這些玩意兒都是漢洲國藥號的勁敵。這些新玩意兒不是在漢洲的左右就是前面，所以打得漢洲毫無招架之力，往往是在入夜八、九點人潮最旺的時刻，在他的店前反而門可羅雀。

這種情景當然使李漢洲憂心如焚，但是，天無絕人之路，兩年前當他到南部遊覽，在鹽埕埔的一個街角，有個皮膚曬得又紅又黝黑的船員，正在兜售一隻產自蘇門答臘的猩猩，解救了他。

那人說得口沫橫飛，說那隻猩猩根本就是人猿，深諳人性。他從印尼買牠回來不到三個月時，牠已經能跟他握手、扮鬼臉、抽菸等，再過幾個月，牠就能叫你爸爸了。

李漢洲一時給他的話迷惑住了，當他看牠表演、抽菸、作微笑狀等滑稽的動作後，他的念頭馬上轉到台北的店裡，如果這隻猩猩除了這些動作還能叫爸爸，那麼，什麼猴蛇大戰，什麼死的說成活的，什麼健身房的那一套都會不夠看……

他心裡暗暗高興，但卻冷靜地問著那人：「那！你講這麼好聽，牠要賣多少錢？」

這個船員在船上不是廚房的伙伕，可能就是雜工之類的。他沒看出這隻猩猩已經爲面前這位客人所中意。聽到有人問價錢，他反而有點不好意思起來。

「我是在雅加達向一個土人買的，他索價很高，足足一百塊美金，我又餵養了幾個月，尤其不容易通過這裡海關……眞的很辛苦啦！這樣好了，我賺點小工錢，算兩萬塊好了。」

兩萬元？著實是不算少的數目，但是當李漢洲想到這隻猩猩站在他的店門口，所有的客人都吸引過來的時候，那倒是很値得。

他心裡暗下決定，就買定這隻猩猩了。這時候，他非常仔細地端詳起牠來。牠被抱在主人的懷裡，坐著大概有二尺高，一身黑中帶紅的長毛，頭部的輪廓除了小一點外，簡直像極了人類；粗糙的臉部帶著酡紅，小小的鼻子，可是大嘴巴，眼眶很深，瞳仁跟黃種人一樣是棕色的。牠乖乖地、孤單地，一臉的和藹可親。

李漢洲伸手要去跟牠握手，猩猩沒有猶豫，牠一隻細長帶毛的手掌伸過來。

當他和牠接觸一握的時候，李漢洲感覺到一股冰涼，直冷到他的心裡。

李漢洲最後以一萬六千元與他成交。他告訴李漢洲牠的飲食習慣與人無異，跟著吃米飯就行了，然後他從一只旅行袋掏出一件特製棉織背心來。他說天冷的時候，就請給牠穿上這一件……

忽然間，那人竟然哭了，他拿了錢，把牠交到他手裡，不敢回頭地就跑開了。

猩猩嘰哩呱啦地叫了幾聲，探頭看看牠的老主人離去，一臉的茫然。

城市一隅的這條夜市街巷，又到了人潮洶湧的時刻，漢洲國藥號自從店東從高雄買回來猩猩阿吉以後，生意果然興隆異常。一大群幾乎都是男性的旁觀者，把店門口擠得水泄不通。

只見人群圍成一個弧形的店門口，擺著一張橫放的長桌，上面鋪著一層白色的塑膠布。

猩猩阿吉就坐在那裡，牠穿著一件滑稽的花色背心，嘴裡咬著一根菸斗，儼然一個大人物狀，眼睛骨碌碌地看著牠面前的一大堆人。

俗名黑點的李漢洲的老大看了門口那一大堆人，他清清喉嚨，就扯開了。

「啊！各位人客看倌，今仔日有閒在此互相研究，三角參考，是敝店的光彩，敝店自開幕至今，已有二十餘年的歷史，所經營的所要介紹各位人客的藥材，也只有一味，那就是神勇補腎丸──不過是這樣啦，今仔日你我大家交個朋友。俗語說：買賣不成，相請無論──今仔日，人客你大家算是福氣，怎樣講呢──」老大黑點說得口沫橫飛之際，忽然停頓下來，手中的一根藤條，突然朝白桌子一拍，發出一聲很大的聲響，旁觀的人沒有被嚇到，倒是坐在一旁的猩猩阿吉，被嚇得縮成一團，手中的菸斗都掉了，牠的動作有些誇張，把客人逗得笑開了。

老大黑點看到此舉得到反應，他更是不慌不忙地，朝著阿吉的頭一拍，臭罵著：「幹你娘！你怕什麼：深山的老虎猛獸，你都不怕了，你怕我這個斯文人？」他嘻皮笑臉地對牠說，然後又抬起臉來對著面前一片黑壓壓的人說：「人客看倌，我講你們大家有福氣，我就是在講伊，大家不要看牠那樣無膽，伊啊，這隻猩猩可是阮老爸從印度尼西亞買回來呢！身價一百萬新台幣。新台幣一百萬，幹！你大家恐怕不相信，什麼一隻猴要一百萬，笑死人了──但是人客看倌，你大家看過魚會游水，豬會走路，鸚鵡會唱歌，但是看過猴會講話的嗎？就是這樣，阮的這隻猴，伊不但會講話，還會叫你阿公呢！」

黑點老大一口氣說到這兒，正是這段話的最高潮，站在門前看熱鬧的人，也都屏息地等待結果，那一大群人因為天氣熱，加上五百燭光的電燈有二支在他們頭上燃燒，所以每個人都紅光滿面，狡黠的或好奇的各色各樣的臉孔上，都冒著細碎的汗珠，深深地期盼著聽猴講話。

可是老大黑點卻賣了個關子。他看著急躁的一群人，喝了一大口水，潤潤喉後，把話題岔開。他說：「話講回來，現在我向各位介紹本店以二十餘年歷史，所精製獨味的男性強壯劑『神勇補腎丸』，神勇補腎丸不但強精、補血、固腎，而且持久。使你久戰不洩，就像一個鐵打男子漢。」

看熱鬧的人有些失望，但並沒有人走開。在後面休息的老二現在走到前面來，在桌上撬開一箱的補腎丸，他從中打開一罐補腎丸，倒出五六顆小小的褐色丸子，當眾一口吞放到嘴巴裡，慢慢地嚼，同時也抓了一把，給在旁邊發呆的猩猩阿吉，阿吉有樣學樣，牠也放在嘴巴裡猛嚼著。這時，老二接下來說話。

「人客，吹牛無論男女老幼大家都會，有的人吹得比較有藝術，有的人常常給人拆破。剛才我大哥講什麼強精，久戰不洩啦，都是騙人的。實在講，人是肉做的，老二也是肉做的，不可比布袋戲的藏鏡人，當然大戰三百回合沒問題，可比鐵打的機關槍，它也會有子彈打完的時候。所以，人身體要顧，要保養，你平時操勞過度，營養補給不夠，又要夜夜加班，年久月深，你不但早洩，我看，連硬都硬不起來嘍！」

老二白花跟老大長相很像，只是老二比較騷包，年紀輕輕，他留著一臉絡腮鬍，他們講話的神態也一樣，不過老二白花還是比較嫩點。他們兩兄弟，通常就是這個樣子，一搭一和，一個黑面，一個白臉。老二手上拿著一罐補腎丸，晃來晃去，又說：

「人客，人生最大的趣味就是這味，這味你若果沒夠力，你的人生就沒什麼意義了，到時，跳港都嫌你輕呢！男人要補，就靠，神勇補腎丸，二十餘年歷史，老店老字號，來！來！人客，手伸出來，你大家試一試就知。假使不相信，現在這五粒藥丸吃下去，半個鐘頭以後，你到寶斗里一試便知，如果有三兩分鐘就清溜溜的，你大家回來砸阮的招牌。」

有些人伸手，有些猶豫不決，但是在貪便宜和老大、老二的慫恿下，吃不要錢的藥丸的人也不少。場面顯得很熱絡，老大黑點與老二白花打鐵趁熱，便各人拿起藥罐來，大力地推銷：

「神勇補腎丸大罐二百元，小罐一百元，從來沒講價，但是今日阮要特別優待，特送大家寶品一項，這種東西拿到寶斗里去用，保證查某還要貼錢給你，這是什麼呢？這就是『羊仔目』，什麼叫羊仔目？幹！三歲囝仔不知道，你一定知道。這因爲東西不多，只買大罐的才送，只限十位，快！只限十位……」

人群中議論紛紛，有的面面相覷，有的掏錢，有的說猴子會講話是騙人的，一陣紛亂之後，十餘罐的補腎丸賣得空空的，桌上多了一疊百元的鈔票，老大忙又從後面搬了一堆出來。

這時候人群散的散，補充的又補充，一下子又恢復到黑壓壓的一群人，忽然不知誰說：

「藥都賣了，猴子總該讓牠講話了吧！」

老二白花看看眾人，他搭腔說：

「你們大家可能對這隻猴會不會講話，懷疑很大吧？也莫怪，到底猴子不是人，今仔日，大家有緣分，我就給你們開開眼界，尤其阮的猴王阿吉，不只會講話，還有一項天大的本事，講出來你可不要吃驚，看到不要見羞，牠還會『打手槍』呢！」

旁觀者又是一陣愕然。

白花繼續說：「其實打手槍也沒什麼啦！牠跟人一樣有七情六慾，又找不到對象發洩，而且阮每天給牠吃神勇補腎丸，當然牠沒有每天打手槍就受不了了，來！人客，靠近一點！」

老大接下去說：「今仔日人客眞多，補腎丸也賣得不少，阿吉，你可不要漏氣哦！來！」他拍拍牠的頭。「先敬禮！」

只見黑點拍了牠兩三下腦袋瓜子，果然就點頭敬起禮來了。

「當然呢，叫諸位人客阿公，來，叫阿公！」

猴子露出一臉困惑的表情抬頭看老大黑點，黑點馴服牠說：「叫阿公，叫阿公——」

在大家屏息等待的當兒，牠果然像嚥了一口口水似地叫出一聲濃濁的阿公。

人群中有人驚嘆，有人鼓掌。

老大黑點很得意，他又引導牠說：「講，講我愛你，我愛——你。」

像在作夢似的，猩猩阿吉終不負眾望，牠期期艾艾地像一個臨終的老人從喉間吐出來的聲音，雖嘶啞，但是大家都聽得那是人話「我——愛——你」。

祇有猩猩阿吉「阿公、我愛你」這兩句話，漢洲國藥號每天的生意就非常可觀，晚上從入夜七點到十一點，超過五、六波的人群，補腎丸可以賣到一百罐左右，收入二萬元，淨賺可有一半以上。可是李漢洲厲害的，還不只是教了阿吉說了兩句人話，他也可以在眾目睽睽之下，教阿吉表演手淫——打手槍，這一招確是絕招，第一因爲人類好奇天性，第二還可猛吹牛，說阿吉的精力旺盛，是吃神勇補腎丸，一則吸引人，二則印證藥效，把勞動界的朋友搞得傻楞楞的，鈔票當然就麥克麥克地滾進李漢洲的口袋裡。

自從猩猩阿吉來到漢洲國藥號以後，他們的生意不僅有起死回生的轉變，簡直到了飛黃騰達的地步，因此不久就招來了同業的嫉妒，後來李漢洲教阿吉打手槍給他們逮到辮子，對面的國術館就告到派出所，警方也派人來取締過，隔壁的毒蛇研究所的老闆娘更是水火不容，每次當阿吉要打手槍的時候，她就在人群中大罵夭壽無積德、妨害風化等等，把大家搞得興致索然。於是兩家就動了肝火，拿刀拿斧要血拚也有過——總之，就是生意太好，漢洲國藥號惹來了很多麻煩，也樹了敵，幾乎左鄰右舍都已不相往來，尤其隔鄰的毒蛇研究所的主人許新枝結仇更深，並不只是因爲生意的關係，而是當年漢洲國藥號隔壁這個房子要賣，如果沒有許新枝這個程咬金攪局，房子就是他買定了。比價以後，許新枝高價購得，從此做了鄰居，也結下了梁子。

但是儘管鄰居抗議，漢洲國藥號生意照做，在猩猩阿吉這個寶的庇護下，業務興隆不竭。

猩猩阿吉，變成漢洲國藥號不折不扣的一棵搖錢樹。

一天早晨，李漢洲在晨間七時醒來，昨晚他與朋友喝了許多酒，醉得不省人事，只記得他是被人抬回來的。

他是尿急醒來的，頭殼很痛。他在房間看不到他的太太，倒是他在金門服兵役回來度假的小兒子漢傑給他敷過冷毛巾，他腦海中依稀有這樣模糊的印象。他想到他小兒子昨天晚飯時候告訴他一大早就要去高雄報到搭船的事。

他搖搖晃晃地經過了老大和老二的房間，然後是一間鋪榻榻米的小室，那是他小兒子睡的地方，他輕輕地推開門，只見棉被零亂一地，他兒子已經走了。

他有點悵然若失。

他又搖搖晃晃地走下木造的樓梯，樓梯因爲老舊已有不勝負荷之感，所以發出咿呀的聲音。因爲腦脹頭痛，李漢洲幾乎是閉著眼睛摸下這陡峭的樓梯的，他經過一樓的餐廳，繞到廚房後面的廁所，很舒服很久地撒了一大泡尿。

他又迷迷糊糊地回到餐廳，上樓準備再睡一覺，結果在樓梯半途，忽然覺得怪怪的，他想起每天早晨從樓上下樓的時候，拴在餐廳一隅的阿吉都會叫他一聲阿公，向他問安，像時鐘一樣的準確，而今天好像沒聽到似的，他覺得很奇怪，就彎下身探頭去看餐廳的阿吉。

當他的視線接觸到阿吉時，他整個身體像觸了電似的，他唉喲地叫了一聲，從整個宿醉中醒來。

原來阿吉像一團黑色的棉絮一般，軟綿綿地仰躺在磨石子地上，李漢洲一個箭步過去，抱起阿吉，雖然還有一點體溫，但是阿吉已經沒有呼吸了，阿吉微伸著舌頭，嘴角有血絲，雙掌緊握，死之前好像經過一番掙扎。

李漢洲幾乎要腦充血，他眼前突然一片昏黑，等他恢復過來，他馬上放開嗓門叫著在樓上睡覺的老大與老二。

老大老二被父親這突如其來的咆哮聲從夢中叫醒，兩個兄弟就只穿著內褲從樓上跑下來。他們看到父親抱著阿吉的情景，也嚇呆了。

李漢洲說：

「阿吉死了……」

「怎麼死的呢?」老大問。

「是不是被人謀殺了?」老二問。

李漢洲把阿吉放到地上，他用手背擦乾了眼淚。站起來神色果決地說：「現場都不要動，我們一定要把凶手找出來，即使花再多的錢也不要緊，我要把阿吉當做人看待，把牠當做我的兒子看待……」

猩猩阿吉之死，帶給這個家巨大的衝擊是可想而知的，李漢洲在悲傷之餘，馬上打電話給在分局服務的一個刑事朋友，請他來幫忙調查阿吉之死的謎。

這個刑事姓吳，原來是這個地段的管區，因為喜歡喝兩杯，而李漢洲做人又豪爽，所以兩人不久就變成好朋友，即使他已調離此區，他們還是時常往來。

吳刑事被李漢洲這個老朋友電召來到漢洲國藥號時，已經上午八點多鐘，夏天的陽光已經很灼熱地照射在壓克力的招牌上，但是整條街還是靜悄悄的，朝西的店鋪還罩在一層陰影中，昨夜遺留下來的垃圾及汙水還沒有清除，因此整條街顯得很髒。

李漢洲站在店門口等吳刑事，他們見面後，李漢洲第一句話就說：「有人把我那隻猩猩殺死了，眞惡毒啊！吳兄，你一定要幫我把凶手找出來。」

吳刑事到底有辦案的經驗，他點點頭，很冷靜地跟李漢洲到了餐廳，餐廳裡兩兄弟已穿著背心短褲在等他，吳刑事與他倆點頭招呼。然後他蹲下身體，用手撥一撥已死的阿吉，他注意到阿吉舌頭微吐，於是他在阿吉的脖子間翻理著牠的長毛，想在皮下找出某種痕跡。

「牠是被勒死的嗎？」李漢洲沉不住氣問。

吳刑事站起來，輕輕地搖搖頭。

「也不一定，在找不到外傷的情況下，也有可能，不過，牠怎麼死已經不重要，重要的是牠是在什麼因素下死的，被誰殺死的？你們有什麼線索嗎？」

「我在早上七時起來才發現的，當時阿吉還有些體溫，我想牠的死是在清晨左右……不過我在懷疑，是不是隔壁毒蛇店的人……」

「是啊！是啊！」臉色凝重的老大黑點插嘴進來說。「早上我們發現大門沒有關好，留著一條縫！」

「會不會是被隔壁放過來的毒蛇咬死的？」老二白花突然說。其實老二會這麼想也不是沒有原因的，記得當年他們兩家吵得最厲害的時候，竟然在一個深夜裡，漢洲國藥號跑進來好幾條的毒蛇，咬死了後院三隻土雞。事情也鬧到管區那裡，毒蛇店的老闆許新枝以疏忽搪塞，最後也不了了之。

「不要把對象老是繞著毒蛇店的許新枝，想一想還有別的可能嗎？」吳刑事說罷拉開一把椅子坐下。他跟李漢洲年紀相仿，只是胖一點，而且留個小平頭。臉孔四四方方的，斷眉，凶起來可能像個惡煞似的。

「嘿嘿！吳兄，」李漢洲說。「你知道自從阿吉到我店裡來後，我們的生意就好轉了，厝邊隔壁都眼紅，不只隔壁的許新枝，對面的國術館、神州館，都對我們不懷好意……」

「因此，他們就殺死阿吉？」

「如果有機會，他們會的。」端來一杯茶的老大說。「刀槍都來啦，殺死阿吉算什麼！何況，昨天晚上，我們沒把門關好……」

「昨天深夜，誰是最後一個進門的人？」

「昨天我們把店收好，已經凌晨一點了，上床睡覺時，阮老爸和阿母還沒回來……」老二跟著補充。

「昨晚我喝酒，回來已經不省人事，怎麼回來的都記不清楚了。」

「你太太幾點回來呢？」

「我從昨晚到現在還沒看到她，可能打麻將去了，幹伊娘！黑點，打電話去玉蘭或是金治那裡，叫她趕快死回來！」

「那麼，」吳刑事看看李漢洲，慢慢地說。「照這樣說，你是最後一個回家的嘍！你又喝得醉醺醺的不省人事，門又沒關好……」

刑事是專家，但他陷入沉思中，旁邊的人就沒再開口。吳刑事再度蹲下身子，近身去檢查猩猩阿吉的身體，他抓起牠的一隻手臂，從上臂一直摸到手掌，結果從翻開的手掌中找到一條線索。

可憐的阿吉死前曾經掙扎，因此牠的手指甲處留有血跡，在發白的手掌裡，也找到了幾根異於牠的捲曲的褐紅色毛。雖然沒有經過鑑定，可是吳刑事心裡已經斷定，那是人類的體毛，而且，既然在牠的手上，那必定是凶手的。

吳刑事用手指捻起兩根毛，拿到日光燈下照射。毛粗而捲曲，在燈光下泛著淺金黃的顏色。

「怎麼，那是人的體毛嗎？」李漢洲問。

吳刑事胸有成竹地說：「從牠手指尖的血跡和這兩根人毛來看，首先就推翻掉被毒蛇咬死的猜測。而且我現在也可以斷定地說，阿吉是被勒死的！」

「被勒死的！」李漢洲癡呆地在嘴裡念著，他的腦海裡出現阿吉被勒緊脖子死前痛苦掙扎的影像。李漢洲覺得悲痛；他回想著，不要說二、三年來阿吉已跟這個家建立了一層相當深厚的感情，即使看在金錢上，牠替他這個家也掙了不少錢，更替漢洲國藥號揚眉吐氣，他是應該爲牠而哭的。「但是，被誰勒死的呢？」

「那會不會是國術館的歹錢仔呢？他曾經指著阿吉信誓旦旦地說牠不要臉，說什麼人面桃花，不得好死等等啦！」老大黑點提供了可能的意見。

「神州館的銅鑼仔也有可能呀！他也對阿吉恨得要死呢！去年中秋節的晚上，他不是把一串點燃的炮竹丟到阿吉身上，炸傷了牠的腿部嗎？」老二白花更肯定地說。

正當李家父子三人提供了意見，自以爲有所突破時，吳刑事的一個問題反而把他們弄呆搞傻了。

吳刑事好像城府很深地，低沉地問：「歹錢仔和銅鑼仔燙髮嗎？」

老大和老二眼睛一轉，異口同聲地說：「沒有！」

「他們紅頭毛嗎？」

他們又想了一下，也是同時說：「沒有啊！他們的頭毛是黑色的。」

「那麼，你們頭前後壁的仇家，有哪一個人是燙頭髮的？紅毛的？」

他們面面相覷，想了一會兒，李漢洲搖搖頭說：「也沒有吧……」

「請你們特別注意，」吳刑事故作高明地說。「不要忽略了燙髮的、紅毛的當然包括女人呀！」

「哦！對！對！對！還有女人呢！」李漢洲他們剛才就是沒有想到女人，現在經吳刑事點破，他們的思想馬上朝隔壁毒蛇店的老闆娘，以及國術館、神州館，甚至更遠的只要不睦的各家太太都有了想像，甚至包括他們的女兒等等，他們像三部放映機，把過去她們所給予的印象，現在在腦海裡一幕一幕地重映起來。

可是重映無數次，仍然找不出一個準確的對象。燙髮是有的，但是紅色的，卻搜遍枯腸一個也沒有。

在他們陷入混亂而又不服氣的時候，吳刑事講話了：「怎麼，是一個也沒有嗎？」

「……」他們無話。

「其實，從進門到發現猩猩阿吉手心的這兩根紅毛以後，我就知道凶手是誰了……」吳刑事的臉上充滿得意之色，並且露出曖昧的笑。

「哦！眞的？幹伊祖媽！是什麼人呢？」李漢洲緊張地問，老大、老二也屏息著等待吳刑事的宣布。

空氣，好像在忽然間凝固了，因此室內氣氛顯得很沉重。

可是吳刑事卻吊足了他們的胃口，他若無其事地說：「且慢！急什麼？我們幹刑事的，講破案，講抓住了凶手，可不是信口開河，我們不但講究邏輯，也講究結果。當然，最重要的是證據，一定要搞得凶手啞口無言，俯首認罪……」

「這當然，當然啦！啊幹！吳兄，是誰呢？」

「好了，好了！」吳刑事好笑地說：「看你急成這樣子，不趕快說，恐怕會把你們惹出心臟病來呢！來！大家坐下來，不要激動，聽我慢慢地說，慢慢地分析。」

於是本來浮躁地站著的老大、老二，立刻搬來兩張白鐵皮的圓凳子，坐在他們父親的後面。吳刑事喝了一口茶，李漢洲馬上又遞過去一支菸，用一個K金的打火機幫他點火。

好了，一切OK，總應該開始了吧！

「我進門的時候，就聽說昨晚門沒有關好。門沒有關好，當然有外人進入的可能，這外人如果跟你們有仇，圖謀不軌，要對你們有所不利，他應該有所準備吧！譬如說：他要帶把武士刀吧！不然，也應該有支扁鑽吧！」

吳刑事吐了一口菸，然後問他們：「這樣講合理吧？」

李漢洲爲了他不把凶手直截了當地道出，深感不耐，但是他還是點點頭。

「但，顯然的，阿吉的死是被勒死的，換句話說，凶手是空著手的。但是我認爲，如果外來的凶手，他絕對不會空手進來的，那不是送肉餵虎嗎？」

「你的意思是……」老大黑點這時候臉色逐漸變青，額頭冒著汗珠。

「我的判斷是……我的意思，殺死阿吉的是你們自家人！」

轟然一聲，彷佛一顆定時炸彈爆炸了，震得李家三人個個呆若木雞。

「幹！哪有這種事……」老二白花不服地說。

「嗯！天下就是有這種怪事，我辦過的刑事案裡，比這個更奇怪的事多著呢！不由你不相信——我就再就本案講下去，當我覺得凶手不攜帶刀器而是用手勒死阿吉後，我就想到凶手是裡面人，然而裡面人是誰呢？當我從阿吉掌中找到兩根鬈毛，一直在燈下對照時，我就斷定是——很抱歉，我因為常在你家走動，你家的人我都看過，唯一頭髮褐紅色的就是——我剛才一直繞著問你們左鄰右舍頭髮顏色，也無非要更確定我的判斷罷了，現在，絕對正確，勒死阿吉的是李太太沒錯。」

李家三個人沒有人相信吳刑事的說法，他們彷彿經歷一場噩夢。

「沒有這種事，我阿母無理由要殺死阿吉，她又不是發瘋了。」老二在幫他母親辯說。

李漢洲更想不出他的太太有什麼理由要勒死阿吉，但是他現在忽然想起來他太太一夜未歸，就懊惱地吼起來了：「黑點，我剛才叫你打電話有沒有找到你老母？」

「剛剛在金治家，金治說她……說她已經回來啦……」

「幹伊老母！愈老愈風騷！」

李漢洲雖然罵著老婆，但是他也不相信阿吉之死是她幹的，他一臉的乞求，對著吳刑事說：「阿吉幫了我們家很大的忙，阮某也不是不知道，而且，阿吉的伙食都是她料理的啊，他們也有感情啊，怎麼可能呢……」

「我也想過這件事，不過，假使他們兩個有什麼相剋的呢？那又另當別論了，於是，我想到曾經在報上看過的一則新聞，說有一隻鸚鵡飼於某家閨房，主人敦倫的甜言蜜語，不只偷聽，牠老兄還照講不誤，惹起了很大的笑話……所以，我就特別想到阿吉牠不是也會講人話嗎？說不定嫂仔有什麼祕密……她最近不是打扮得很漂亮，在外面的時間很多嗎？」

「吳刑事，我看這個推測太離譜，而且也沒有什麼證據，阮老母……」

吳刑事以辦案的態度打斷老大黑點的話，他說：「你不是說你媽媽已經回來了嗎？我就等著她回來印證，不只這兩根頭髮，我還可以請我局裡化驗組的同事來驗血，我相信猩猩阿吉指甲裡的血跡一定跟你媽媽的血型一樣。你媽媽是什麼血型？」

「我們家都是O型！」

一刻鐘後，李太太匆匆忙忙地回來，由於天熱，臉上的脂粉褪了一半，顯得很狼狽，她穿著一件絲綢的洋裝，短袖的，露出一截豐腴白嫩的手臂。一進門，她看見她先生像凶神惡煞似地，有點膽戰心驚。

「幹妳娘！妳愈來愈大膽，昨晚，妳到哪裡去啦？妳老實跟我招來，要不然打死妳！」

「我去金治那裡打麻將啦！有什麼大驚小怪的！」

「阿母，阿吉死了！」老二指著餐桌下軟成一團的猩猩說。

母親彩雲一聽，嚇了一跳，她蹲下去抱起阿吉，哇地一聲哭起來。

這時候吳刑事拿著兩根毛從她背後的頭上在比對，李漢洲他們探過來，果然，兩根毛的顏色從肉眼來看是很接近的，而且彎曲狀也跟她短髮尾梢微微上翹的弧度一樣。吳刑事用眼梢瞄了李漢洲一眼，那表示著，你看，我的判斷正確吧！

彩雲哭得很傷心，她抱著阿吉回過身子的時候，李漢洲和吳刑事都看到她的小手臂上，有一條約兩吋長的血痕，看起來就像阿吉的指甲所劃破的。

李漢洲再沒有話說，他心裡翻騰著，果然沒有錯，阿吉是她殺的，她這樣匆匆跑回來只是幌子而已，她一定有什麼見不得人的祕密給阿吉看到了，所以非置牠於死地不可，他想著想著，理智終於被高漲的情緒所衝破，不知從哪裡來的一股氣力，他舉起拳，狠狠地一拳把她揍昏過去。

從此以後，李漢洲和他的太太彩雲便鬧得水火不容，他不再聽她的任何解釋，不能轉圜的原因，是李漢洲查過，那個徹夜不歸的晚上，他的太太並不是到金治家去打麻將，彩雲的解釋是跟一夥人到北投喝酒、唱歌，後來醉了，但絕對沒有做對不起他的事，至於手上所劃的指痕，也是自己不小心抓的；但是李漢洲死也不相信。看來，他們只有離婚一途。

半個月後的一個早上，李漢洲收到一封他小兒子從前線寄回來的限時信。半個月的不愉快，總算使他吐了一口悶氣。他坐在他的事務桌前，然後很小心地撕開那封信。信紙摺成一直條。然後又打結。他覺得有一點好笑，只有年輕人才時興這種調調，李漢洲費了一點工夫才打開信紙。攤開信的時候，赫然一根褐紅色的毛髮，黏附在信末的署名上，那根彎曲的毛，使他的心收縮起來。於是，他迫不及待地看著他小兒子從前線寄回來的信。

父親大人：

昨天收到大哥寄來的一封信，使我非常的痛苦，大哥說家裡的阿吉被人勒死了，說爸爸因爲兩根紅色的毛髮與媽媽的相似，而誤會是媽媽有不可告人的祕密而勒死牠的，爸爸和媽媽因而吵得天翻地覆。

其實爸爸，事情的眞相不是這樣的，您是誤會媽媽了。本來那天清晨我離家到高雄搭船時，我就想告訴您眞相的，但您尚在酒醉中，媽媽又不在，大哥、二哥不能跟我溝通，所以也只好不告而別了。然而，可以想像到的，阿吉之死一定帶給您很大的悲傷，我雖然不在家，但也知道牠幫我們賺不少錢。但是爸爸，把牠當成一個活道具，強迫牠講兩三句人話原也無可厚非，可是教牠在大庭廣眾之下表演「打手槍」對牠是一種戕害，對我們家更是一種侮辱，您不覺得鄰居都以有色的眼光來看我們嗎？而我的朋友也恥笑我，讓我抬不起頭來。爸爸！在很早以前，我就要向您抗議了。

阿吉是我勒死的，您一定感到相當的意外。我當然也不是僅爲了牠敗壞我們家的門風，而就殘忍地殺牠。事情是這樣的，那天清晨五點鐘的時候，我從尿急中醒來，下樓去小便，全身只穿一條內褲，在餐桌邊看到阿吉笑著看我，還向我打招呼，叫我阿公！起先我沒有理牠，我尿完回來，牠竟然站在路中攔我，我覺得牠很好，也很可憐，就坐在圓凳上跟牠握手，然後看牠的腳鐐。爸爸，您一定記得，當我高一的時候，家裡養了一隻八哥，我不忍看牠被關在那麼小的籠子裡而偷偷把牠放掉了，被您狠狠地打了一頓。我突然又衝動起來想把牠放掉，結果腳鐐嵌得太牢固了。在我正陷入憐憫中爲牠悲慘的身世感傷時，不知何時阿吉一隻手竟然伸入我的褲襠裡，抽著我的生殖器，這樣可惡的動作牠竟然若無其事，好像在弄牠自己的一樣，還似笑非笑的一臉邪惡相，我大驚之餘，又羞又怒，下意識用手去掐牠的脖子，牠抓住我生殖器的手不但不放，反而越抓越緊，我都覺得牠的手指甲已經深入我的皮肉。後來，也不知道怎麼樣，只覺得一陣暈眩之後，阿吉的手鬆了，身體軟了，我才放手。我咒罵著離開，那時候我還不知牠已死，是我上去整理好行囊要離開的時候，才確定牠已死了。阿吉死了，我想您一定會生氣，但是我想把阿吉苦難的生命解脫了，何嘗不是一件好事，這種想法平衡了我的罪惡感，我出門的時候，心裡平靜得很。

但是我始料不及的是，想不到因爲沒有告訴您眞相，而使您誤會了媽媽，這是我最難過的地方。

您是好爸爸，媽媽也是好媽媽，雖然您們有些做法和想法我不能同意。我希望您們不管有什麼想法或做法，應該替第三者（包括您的兒子）設身處地地想一想，這是我的請求。

我希望爸爸和媽媽的感情和好如初，阿吉的死使您傷心，只好等到我退伍回去時才當面向您賠罪。

最後附上一根我的陰毛，以證實阿吉之死是我殺的沒有錯，我不解的地方，是爲什麼我的頭髮是黑的，但是我的陰毛卻是褐色的，而且捲曲得像燙過似的，好像是個混血兒。

敬頌平安

不肖子李漢傑敬上

李漢洲讀完了後，兩手顫抖著，一臉茫然。

《禮記》說：

鸚鵡能言，不離飛鳥；猩猩能言，不離走獸。

一九八四年發表於《美洲中國時報》

一九八五年發表於《推理雜誌》第四期

〔附錄二〕

淺談推理小說

——兼介《島嶼謀殺案》所帶來的訊息

鍾肇政

想想也眞有趣，我曾經有過成了一名推理小說迷的年代。屈指一算，已是四十幾年前的事了。記得是從小學三、四年級的時候就耽讀小說的。起初不外是少年小說、冒險故事、劍豪小說之類。到了小學高年級，我就喜歡上推理——那時還叫偵探小說。當時，有一位好像是很流行的偵探小說家，名字雖然不能再記憶，但是這位作家所創造出來的名探，名字叫「明智小五郎」，到如今卻還記得清清楚楚。

小小年紀，居然對少年偵探小說不能滿意了，便開始閱讀當時以刊登偵探小說出名的一份《新青年》，並且也靠譯作認識了舉世聞名的名探「夏洛克．福爾摩斯」和「亞森．羅蘋」。日本名偵探作家江戶川亂步、横溝正史等人的推理作品，也成爲愛讀的書籍，維持了一段頗長的時間對這類讀物的愛好，直到中學高年級興趣漸漸轉移到另一種文學作品爲止。

光復後，自己也意外地成了一名搖筆桿的小角色，研讀的對象局限在文學作品上面，對推理、偵探類的讀物，便也不再感覺興趣了。而在這卅幾年來，我也感覺到，在我們的讀書界，推理小說是較爲乏人問津的角落。據云這期間，若干在外國暢銷一時的推理作品被譯介過來，也大多打不開銷路。推理類讀物，在此間無法引起很多讀者興趣，幾乎成了定論。

在外國，推理小說一紙風行的情形，是我們所熟悉的。遠的不說，幾年前，著名的推理之王克麗絲蒂的最後一部作品上梓，寫她所創造出來的名探波瓦羅被謀殺的經過。由於這位名探久已成爲無數讀者心目中的偶像，因而在美、日兩國報紙上都有名探波瓦羅死於非命的新聞出現，轟動一時。架空的人物，成爲報刊競相報導的新聞人物，這種情形與《約翰．克里斯朵夫》連載結束，報上出現「約氏」逝世的消息，前後輝映，可算是人間奇聞，由此也可以看出推理小說受歡迎的情形。

那麼爲什麼在我們的讀書界，對推理小說這麼興趣缺缺呢？

關於這一點，有種種說法：其一是推理小說絕大多數以凶案爲主要描寫對象，並不十分合乎「國情」。也有人認爲：它的趣味在懸宕與解謎，尤其以後者爲主，因而閱讀時必須隨著作者的筆去推理，去思考，去琢磨，是頗費腦力的，遠不如坊間那些愛情小說等，讀來輕鬆愉快，一點也不費力。

不錯，大部分的推理小說，簡言之就是研究最巧妙的殺人方法的小說。凶手為了免除刑責，想盡辦法，來設計謀殺。偵探面臨這種無頭命案或撲朔迷離的局面，如何把謎一個個解開，最後找出凶手，繩之以法。換一種說法，也就是偵探與惡人鬥智的經過，才是推理小說的趣味焦點。

推理小說既有這種特色，那麼文中的凶手，應該是受過不少教育的高智能人物，且遇事深思熟慮，否則便也不可能設計出異想天開的巧妙犯罪了。相對地，破此案的人，不管是刑警、私家偵探乃至業餘的人物，當然也必須是高智能的角色，否則便無法遂行他的分析與推理了。也就因為如此，推理小說的讀者，多以知識分子階層為主。

然則，台灣的讀書界，目前是否仍然對推理小說冷淡呢？這一點，因為沒有較可觀的統計數字可資判斷，故而無從說起，不過有若干跡象倒可以幫助我們了解這期間的訊息。其一是各種通俗性的刊物上，譯作推理小說出現的頻度頗高，另一則為較大規模的出版見諸事實，如遠景出版社有「克麗絲蒂全集」正在次第印行，另一家林白出版社，有系統地譯介推理小說，包括松本清張等名家已出了三十多部（也許其他出版機構也有類似的出版活動，筆者寡聞，未知其詳，故無法列舉），可見這種讀物，在此間漸漸有了讀者。

推理小說值不值得提倡，我們這裡也許不免有仁智之見，它是消遣性讀物，這一點應無可爭論，然而它的讀者局限於知識階級，消遣之外，在推理的過程中，似乎也頗有益智的成分，就這點而言，較之頗富「腐蝕性」的愛情故事、畸戀小說、武俠小說，則又勝似許多了。更何況在國外，推理小說已到了掙脫純故事的格局，試圖進入文學境界的嘗試，未來發展應是頗令人期待的。即此以言，此間若干提倡推理小說的出版界人物，便不可不謂是有心之人了。

新型國產長篇推理小說《島嶼謀殺案》，作者林佛兒兄，該是這種有心人之一。他寫詩，寫散文，小說作品也不少，且都有可觀成就，是土生土長的優秀作家，兼爲上述的林白出版社主持人。他「業餘」獨力苦撐了十多年林白，規模早具。卻不料年來染手推理，贏得了「台灣推理第一人」封號。如果筆者猜測不錯，他該是熟讀自己出版的推理作品，煽起了濃厚興趣，才立意要寫這種作品的吧。並且，他還有一己的抱負：要藉實際的創作，來打開台灣推理小說的新局面。我相信，這是個不凡的抱負，值得大家寄予期望。

《島嶼謀殺案》應該是這種抱負下的產物。相信在林君苦心安排下，有其斐然可觀之處，值得吾人重視，故樂爲寫這篇小文以爲推介。

原一九八四年四月初版《島嶼謀殺案》序

〔附錄二〕

一些印象

景翔

林佛兒和我在很多方面都可以稱「同好」，比方說，我們都喜歡現代詩，都喜歡書和電影，也都對「推理小說」非常入迷。

而在這幾方面，林佛兒「好」的程度，似乎又比我要更進一層。對現代詩，我只在欣賞和試作的地步，林佛兒則不但出了詩集，還替別人出詩集。書籍方面，他辦的「林白出版社」出刊多類圖書，而電影呢？他也不是像我們只看電影，談電影，他自己成立了個公司，進口影片之外，說不定哪天還製作拍攝呢。

至於「推理小說」，他更是在欣賞、出版之餘，自己也執筆寫了起來。從他說想要寫推理小說開始，到現在不過一年多的時間，已經先後有三篇作品問世，最早的〈東澳之鷹〉雖是啼聲初試，卻已見潛力。第二篇〈人猿之死〉，規模較小，但題材新穎，設計出人意表。現在他完成的新作《島嶼謀殺案》，則可以算是他嘗試長篇推理小說的重心之作。

寫推理小說，最重要的當然是在如何布下線索，以合乎情理與邏輯的方法，推出最驚人的答案和解釋。而林佛兒在達到這一基本要求之外，還有他優於其他人之處。

其一是他是個詩人，因此在很多感覺上，要比別人敏銳得多，再加上他也是個相當有成就的散文家，影響所及，他的行文筆法和文字的運用，處處都可以表現出詩的精鍊和散文的流暢。

語言的鮮活，也是林佛兒的特長，這個特點在〈人猿之死〉一篇中，尤其表現得出色。他所寫的夜市中各種叫賣和吆喝的情形，眞正有使人如置身現場的感覺。

寫場景的細膩，也許該歸功於林佛兒的喜歡電影，另一方面當然也是他觀察細微的緣故，而這一點，恰好是做一個成功的小說家必須具備的條件之一。一趟東南亞之旅，《島嶼謀殺案》的各個場景就都能描繪得那樣詳盡動人，正是林佛兒發揮他觀察力的最好寫照。

不過，最重要的，還是在他對社會的關注，林佛兒的推理小說，已經擺脫早期福爾摩斯式純粹在線索上推解的固定程式，而在案件推理之外，加入了對某一個或多個社會現象與問題的探討和描述。這種風格，倒有些接近日本推理文學界幾位巨匠，如松本清張、三好徹等的社會派推理小說了。

林佛兒的《島嶼謀殺案》在完成以前，我一直是少數幾個能先讀爲快的讀者之一。雖然不止一次對他提出過很嚴苛而挑剔的批評，卻也必須承認他的故事和文字始終能吸引我，讓我急於要知道這些人物和事件的發展如何。我想儘管嚴格說來，幾乎每篇推理小說都可再修改得更完美，但只要能有吸引住讀者的力量，那也就是一篇成功的作品了。

原一九八四年四月初版《島嶼謀殺案》序

INK PUBLISHING 文學叢書 239

島嶼謀殺案

作　　者　林佛兒
總 編 輯　初安民
責任編輯　施淑清
美術編輯　黃昶憲
校　　對　吳美滿　施淑清　林佛兒

發 行 人　張書銘
出　　版　INK 印刻文學生活雜誌出版有限公司
台北縣中和市中正路 800 號 13 樓之 3
電話：02-22281626
傳真：02-22281598
e-mail：ink.book@msa.hinet.net
網　　址　舒讀網 http://www.sudu.cc

法律顧問　漢廷法律事務所
劉大正律師
總 代 理　成陽出版股份有限公司
電話：03-2717085（代表號）
傳真：03-3556521
郵政劃撥　19000691 成陽出版股份有限公司
印　　刷　海王印刷事業股份有限公司

出版日期　2010 年 1 月　初版
ISBN　978-986-6377-07-5

定價　280 元

國家圖書館出版品預行編目資料

島嶼謀殺案／林佛兒著；
--初版，--臺北縣中和市：INK 印刻文學，
2010.1　面；　公分（文學叢書；239）
ISBN 978-986-6377-07-5（平裝）

857.81　　　98012195